AF727995

AU FOYER

DE LA FAMILLE.

Le vieux sergent la présenta au chef de l'empire.

MINISTÈRE DE L'INTÉRIEUR
Convention Franco-Belge
BUREAU DE LA PROPRIÉTÉ LITTÉRAIRE

AU FOYER
DE
LA FAMILLE

RÉCITS ET NOUVELLES

PAR

THIL-LORRAIN.

BIBLIOTHÈQUE IMPÉRIALE

PARIS
LIBRAIRIE DE P. LETHIELLEUX,
RUE BONAPARTE, 66.

TOURNAI
LIBRAIRIE DE H. CASTERMAN,
RUE AUX RATS, 11.

H. CASTERMAN
ÉDITEUR.
1860

7136

PROPRIÉTÉ

ET RÉSERVE POUR TOUTE TRADUCTION.

AU FOYER

DE LA FAMILLE

RÉCITS ET NOUVELLES.

LA SENTINELLE.

I

C'était par une soirée de décembre. Le ciel était gris et bas. Un vent glacial soufflait du nord et faisait frissonner. La nature entière, dépouillée de ses dernières livrées d'automne, reposait silencieuse et triste dans ce long sommeil d'hiver qui venait de commencer. Rien au dehors n'égayait plus les regards, ne réjouissait le cœur. Mais à Paris, c'était bien autre chose. Les salons et les cafés étaient ouverts. Toutes les maisons s'illuminaient comme par enchantement, et les fêtes succédaient aux fêtes, les réjouissances aux réjouissances, sous la puissante protection de l'empereur.

Celui-ci, dans ce moment, revenait à cheval de Saint-Cloud, accompagné seulement de ses généraux Duroc et Berthier, qui étaient aussi ses confidents et ses amis. Arrivé sur la place de la Concorde, l'empereur qui voulait tout observer par lui-même, dit à ses compagnons :

— La bise est froide, notre course s'achève, descendons de cheval, et continuons notre route à pied ; cela nous réchauffera.

Les chevaux sont aussitôt confiés à des serviteurs intelligents et agiles, et les trois grands hommes, les bras entrelacés, continuèrent leur excursion en rêvant peut-être la conquête d'un empire. Il n'en fallut pas davantage pour mettre Napoléon de bonne humeur.

Arrivé à peu près à la hauteur du milieu des terrasses des Tuileries, le profond observateur, à qui rien n'échappait ni dans les masses, ni dans les détails, arrêta tout à coup ses regards d'aigle sur un objet vague et confus, qui paraissait s'agiter au pied du mur de clôture.

— Marchons lentement, dit-il à ses amis, car quelque chose doit se tramer là-bas dans le mystère de la nuit.

— Cependant la terrasse est interdite à tout le monde, dit Duroc.

— Excepté aux sentinelles, reprit Berthier.

— Ce serait donc une sentinelle? ajouta l'empereur.

— C'est probable.

— Voyez! une autre ombre s'agite au bas de la terrasse.

— C'est un homme, Sire.

— En ce cas, que peuvent-ils faire? J'en aurai le cœur net.

En achevant ces mots, l'empereur, suivi de ses généraux, s'éloigne de la chaussée qu'il suivait, afin de s'approcher de plus près des coupables pris en flagrant délit. Remontant sur le parapet, il s'y arrête comme pour achever une conversation commencée; mais il ne cesse d'attacher un regard investigateur sur la terrasse, et prête une oreille attentive aux paroles incertaines qui arrivent jusqu'à lui. Voici quelques-uns des traits de ce dialogue.

— Charles, y a-t-il longtemps que tu es arrivé?

— Quelques minutes au plus.

— Ah! j'avais peur de t'avoir fait trop longtemps attendre.

— Il fait si froid, que tu pouvais bien avoir raison de le craindre.

— Et puis, tu es si peu couvert. Tu frissonnes de tous tes membres. Attends, je vais te donner ma capote. La patrouille ne passera pas de sitôt. D'ailleurs, je dirais que j'ai mieux aimé monter la garde en habit, s'il arrivait que tu n'eusses pas le temps de me la rendre et qu'il te fallût déguerpir au plus vite.

— Non, tu serais puni et je ne veux point avoir une seconde faute à me reprocher.

— Oh! ma foi, la voilà; couvre tes épaules; si j'entends du bruit, tu la noueras à la baïonnette de mon fusil, et je la reprendrai.

— A la bonne heure, car en vérité je frissonne.

— Maintenant, parlons de notre mère. Comment va-t-elle? que fait-elle?

— Toujours souffrante et maladive. L'ouvrage manque, et, sans les privations que tu t'imposes pour subvenir à ses besoins, il y a longtemps qu'elle serait morte. Ah! que je suis malheureux de ne pouvoir me montrer au grand jour, de n'oser me présenter dans un atelier pour y réclamer du travail et du pain.

— Que la leçon te serve pour l'avenir, Charles, et que Dieu te soit plus miséricordieux que les hommes. Où as-tu passé ta journée?

— La plus grande partie auprès du grabat de notre pauvre mère, l'autre à l'église, où j'implorais le pardon de ma faute. Un homme, s'étant aperçu de ma misère, s'est approché de moi, et m'a glissé dans la main une pièce de monnaie qui m'a servi à faire un peu de bouillon pour la pauvre femme qui nous a donné la vie.

— Qu'il soit béni! hélas! Tu ne saurais croire combien je suis malheureux, Charles, de pouvoir si peu m'éloigner de ces lieux pour aller la consoler avec toi. Je suis si content quand mes paroles lui ont fait quelque bien.

— Et puis, elle est si reconnaissante et si bonne, notre mère! et elle souffre tant!

— Ah! elle était digne d'un meilleur sort!

— Digne de porter une couronne, Jules! Mais qui te dit que Dieu ait fait l'homme pour le bonheur en ce monde? N'a-t-il pas pour récompenser nos souffrances passagères toute une éternité?

— C'est égal; il y en a trop qui ont au delà du nécessaire pour ceux qui n'ont pas celui-ci, trop qui abusent en comparaison de ceux qui meurent de faim!

— C'est vrai, Charles, et la religion du Sauveur qui a déjà tant fait pour les hommes, changera aussi quelque jour cette inégalité nécessaire ici-bas.

— Oui; mais, en attendant, il nous faut souffrir.

— La récompense en sera d'autant plus grande dans les cieux!

— Et si notre mère en meurt?

— Tais-toi, Charles, tu me rendrais méchant.

— Et ne suis-je pas marqué au front du sceau de l'infamie pour avoir voulu sauver notre mère?

— Dieu sera plus indulgent que les hommes, Charles; et ta faute ne te rend pas moins cher à mes yeux. Ensemble, nous l'expierons un jour, et nous forcerons les hommes eux-mêmes à nous la pardonner. J'en ai la certitude, cela sera. Mais j'entends marcher du côté des arbres, va-t'en! éloigne-toi!

En effet, après avoir écouté en silence pendant quelques instants, Napoléon avait dit à voix basse:

— Ceci me semble dramatique: que signifient cette faute, ces larmes, cet espoir d'expiation et de pardon, mêlés aux douleurs d'une vieille mère? Allez, Duroc, et tâchez de surprendre ces deux hommes. Et Duroc s'était avancé à pas de loup; mais il avait été entendu au moment où il approchait. Le premier mouvement de Charles avait été de chercher à se débarrasser de la capote pour la rendre à son frère. Mais le général s'en étant aperçu, fut en deux bonds en face du coupable, et s'écria d'une voix tonnante :

— Que faites-vous ici, seul, à cette heure, près de la sentinelle, prise en défaut, qui vient de s'éloigner? Seriez-vous déserteur?

— Je ne suis point militaire.

— Votre costume cependant...

— J'ai acheté cette capote.

— Je ne puis vous croire; car nul soldat ne peut se défaire de ses vêtements, sans être passible des peines les plus sévères.

— Je ne savais pas...

— Votre excuse est fort mauvaise, et je vais vous faire arrêter; j'ai là deux hommes prêts à me prêter main forte.

A ces mots, l'inconnu fit un bond en arrière comme un léopard pris au piége, puis s'élançant par-dessus le parapet, il se précipita dans les flots. Pendant quelques instants, on entendit un bruit sourd pareil à celui que fait un homme qui se noie en se débattant à la surface de l'eau, puis le bruit cessa tout à coup, et le plus grand silence se rétablit aux environs du palais. L'empereur, qui venait de rejoindre Duroc, fixa ses regards inquiets sur l'endroit où avait disparu cet homme; mais les ténèbres étaient si épaisses qu'il ne put savoir ce qu'il était devenu.

— Je crains bien, dit l'empereur, que nous n'ayons causé quelque grande infortune. Je m'intéressais déjà à ces deux hommes; leurs paroles m'ont fait mal au cœur; il y a là-dessous un mystère qu'il me faut à tout prix éclaircir, avant d'aller prendre mon repos.

En effet, après avoir été se raviver pendant quelques instants au foyer pétillant du château, Napoléon descendit seul au jardin et se dirigea vers la terrasse silencieuse.

— Qui vive? s'écria la première sentinelle.

— L'empereur!

— Avancez à l'ordre.

— Babylone!

— Passez, Sire.

Arrivé près de la sentinelle qu'il tenait tant à interroger, le grand homme répondit aussi à l'appel, mais sa réponse sembla porter le trouble dans le cœur du soldat, surpris penché au parapet.

— Il paraît, camarade, que le froid ne te fait pas peur.

— Sire, comme on nous assure que nous allons bientôt marcher vers le Nord, je trouve qu'il est excellent de s'aguerrir contre le froid.

— Chaque temps a ses besoins et sa misère; il ne faut pas commencer par se faire malade avant le voyage, quand on a bonne intention de l'entreprendre.

— Ah! Dieu m'est témoin, Sire, que la bonne volonté ne me manquera pas.

— Pourtant, tu es pâle, tes membres semblent grelotter, tes dents s'entrechoquent.

— Sire, je suis fort et robuste, et l'homme ne tremble pas seulement de froid.

— Et qui peu alors te faire trembler et pâlir?

— Hélas! peut-être, à cette heure, ma pauvre mère se meurt-elle de misère et de besoin ?

— Ton nom?

— Jules Saletas.

— Ton pays?

— Prades, dans les Pyrénées-Orientales.

— Ton père?

— Mort au siége de Gênes, sous vos drapeaux.

— Ton frère?

— Je n'en ai plus.

— Qu'est-il devenu?

— Je l'ignore.

— Tu l'ignores ?

— Peut-être est-il mort du trépas le plus déplorable, en se noyant par dévouement pour moi.

— Comment le sais-tu?

— Des circonstances terribles, fatales, épouvantables, que des secrets de famille m'empêchent de pouvoir dévoiler...

— C'est bien; mais du moins tu n'es pas sûr de la mort de ce frère?

— Non, Sire.

— Pourquoi donc alors trembler ainsi de tous tes membres, rien qu'en y pensant?

— N'avez-vous jamais frissonné au souvenir de grands malheurs?

— Jamais on ne doit interroger l'empereur.

— Pardon, Sire, l'étrangeté...

— Tu t'expliques assez bien pour me laisser croire que tu as reçu quelque éducation.

— Votre Majesté a raison, j'ai quelque peu étudié; je sais lire, écrire, calculer.

— Avec cela, on peut être sergent ou maréchal de France.

— Il faut plus encore, Sire, il faut du bonheur.

— Qu'entends-tu par ces paroles?

— J'entends une balafre au front ou à la joue; un biscaïen à la cuisse ou à l'épaule; une avant-garde périlleuse, un poste à enlever, une escouade à charger, que sais-je, moi! une occasion de se faire remarquer par Votre Majesté, et de la forcer à dire : Cet homme est un brave!

— Et jusqu'ici?

— Jusqu'ici, je n'ai fait que ce que font cent mille autres qui ne boudent pas plus que moi la fortune et les dangers. Mais j'espère bien qu'une balle quelque jour m'apportera...

— Les épaulettes et la croix des vaillants, n'est-ce pas?

— Si cela m'arrivait jamais, Sire, ce serait à vous que je devrais le bonheur de voir ma vieille mère rajeunir, et peut-être Charles devenir vaniteux de donner le bras à ce frère décoré, devenu si brillant et si grand, grâce à votre munificence.

Et des larmes coulèrent abondantes sur les joues amaigries et sur l'épaisse et noire moustache de ce noble et généreux enfant. L'empereur lui-même était profondément ému et s'abandonnait à une de ces soudaines rêveries auxquelles il se livrait si souvent, quand il était fortement préoccupé. Cette fois, le profond mystère dont avait su s'envelopper le jeune homme l'intriguait d'autant plus fortement qu'il avait rencontré une ame impénétrable. Cependant, dans sa bonté naturelle, il finit par se dire que peut-être de puissants et saints motifs forçaient Jules à garder son secret. C'était, en effet, provoquer une entière confiance que d'aller ainsi à la découverte de la vérité, et la perspicacité du soldat, qui était bien éloigné de rien soupçonner des véritables intentions de l'empereur, ne voyait dans cet entretien que son admirable penchant à se rapprocher, dans quelque intime causerie, de ces amis chauds et dévoués qui lui ont acquis tant de gloire et tant de royaumes. Il eut bien envie, dans ce moment solennel, de se précipiter aux pieds du héros, de lui avouer le crime de son frère, et d'implorer sa grâce; mais, s'il me refuse, pensait-il, ma mère mourra de faim, et mon frère, s'il vit encore, ne me survivra pas longtemps. Ces combats intérieurs le jetaient dans une gêne extrême en face de l'empereur.

— Tu es bien agité, lui dit enfin ce dernier, s'arrachant à ses secrètes préoccupations.

— J'écoute, Sire, si personne n'approche; c'est notre consigne.

— Il faut toujours craindre, c'est vrai, les périls dont entourent notre trône tant d'hommes armés du poignard et de la trahison.

— L'époque en est passée, Sire; le poignard dort, et maintenant, il n'y a plus de place dans les cœurs que pour l'amour et l'admiration.

L'empereur sourit tristement.

— Soldat, lui dit-il, tu es un héros ou un scélérat consommé. Espère ou tremble, selon que ta conscience t'approuve ou te condamne.

— Sire !...

— C'est assez ! Je saurai pénétrer le mystère dont tu veux entourer tes crimes ou tes vertus.

— Mon Dieu ! mon Dieu ! quel a été le sort de mon pauvre frère, et que va-t-il devenir, s'il vit encore? murmura le jeune homme en voyant s'éloigner l'empereur.

II

Le vent soufflait au dehors et la neige blanchissait les toits.

Dans une mauvaise chambrette, au quatrième étage, une pauvre femme était assise, travaillant d'une main défaillante à raccommoder quelque vieux linge déjà tout émaillé d'innombrables reprises. Ses cheveux étaient presque aussi blancs que la neige du dehors, quoiqu'elle ne fût point encore très-âgée; c'est que des souffrances surhumaines avaient épuisé en elle le principe de la vie. Des rides profondes sillonnaient son front, et son grand œil languissant avait été brûlé par la chaleur des larmes sorties toutes bouillonnantes du fond de son cœur. De temps à autre, elle réchauffait à un petit brasier ses mains pâles et décharnées. Tout son corps grelottait de froid, et peut-être, ce jour-là, quoiqu'il fût nuit, n'avait-elle encore rien mangé. Une lampe d'argile, qui éclairait son pauvre réduit, faisait encore ressortir davantage l'effrayante maigreur de cette infortunée créature, que l'âge, les chagrins, la maladie et de récentes angoisses abîmaient de toutes leurs tortures réunies.

Près d'elle était accoudé un jeune homme qui la contemplait avec des larmes dans les yeux. A le voir, on sentait qu'une indicible exaspération faisait bouillonner au fond de son ame les colères accumulées de bien des années d'effroyables tourments. Il eût suffi de le regarder un instant pour être convaincu qu'il détestait le genre humain d'une haine sourde, concentrée, profonde, implacable, sans merci. Et vraiment, le malheureux avait tout lieu de ne pas aimer cette société enivrée de plaisirs, de sensualités, de débauches et d'orgies, qui lui refusait le travail nécessaire à la nourriture de sa mère, et le morceau de pain qui devait l'arracher à la dent dévorante du trépas. Mais tout à coup, cette énergique et irascible nature, levant les yeux, regarda plus attentivement le front de sa mère que plissaient les soucis et les horreurs de la faim, et dit :

— Mère, vous n'avez pas toujours été dans ce dénûment !

Et il y avait dans sa voix une tendresse et une douceur inexprimables, entremêlées à je ne sais quoi de sauvage et de féroce, qui fit tressaillir la pauvre mère. Celle-ci lui répondit :

— Cher fils, Dieu est le maître, et tout ce qu'il fait est bien fait. Quand je perdis votre père, ce fut une douleur que je crus sans consolations. Cependant deux enfants me restaient avec l'amour sans borne que je leur vouais, et longtemps vous deviez faire pour moi un paradis de cette vallée si remplie de misères et de larmes. Mais alors je ne sentais qu'une chose, la douleur de me voir séparée de celui que j'avais si passionnément aimé. Depuis, j'ai pensé que s'il vivait, et qu'il nous vît dans une aussi affreuse détresse, son ame se briserait; et j'ai reconnu que Dieu avait été bon envers lui. Quand ensuite on m'a ravi ton frère pour en faire un défenseur de la patrie, toutes les plaies de ma pauvre ame se rouvrirent plus saignantes que jamais. Et cependant, sans cela, qui nous nourrirait aujourd'hui, cher enfant, aujourd'hui que tu ne peux trouver le moindre ouvrage? Dieu, qui a été bon envers ton père, l'a été aussi envers nous. Il est vrai qu'il a fallu nous habituer à peu; mais jusqu'à ce jour, ce peu n'a-t-il pas suffi? et tous n'ont-ils pas été condamnés dès le commencement à la douleur, aux angoisses et à la mort? Dieu, dans sa bonté, nous a donné le pain de chaque jour, et combien ne l'ont pas! un abri, et combien ne savent où se retirer! Il t'a laissé près de moi, cher Charles, pour me consoler, me prodiguer des soins et ton amour, et de quoi me plaindrais-je?

Charles sentait de grosses larmes couler sur ses joues enflammées. Tombant aux genoux de sa mère, il prit ses mains, les baisa, et se pencha sur son sein en pleurant et en s'écriant :

— O mère, si tu savais à quel point je t'aime!

— Je le sais, dit-elle : le cœur de mon fils m'est aussi connu que mon propre cœur.

— Mère, mon amour pour toi m'a rendu coupable.

— Je sais tout; ton frère m'a tout révélé. Tu ne savais donc pas alors, cher enfant, que le vrai malheur n'est pas de mourir de faim, mais d'offenser Dieu?

— Ah! chère mère, me pardonneras-tu jamais d'avoir déshonoré tes cheveux blancs?

— Te pardonner, enfant! Le repentir n'a-t-il pas déjà tout effacé?

Et cette bonne mère ouvrit ses bras à son enfant, qui s'y précipita et la serra sur son cœur en sanglotant. Après un instant de douloureux épanchements, il reprit :

— Dieu m'est témoin que si j'ai jamais désiré quelque richesse, c'était pour te rendre heureuse.

— Mon fils, tu ne sais donc pas que le vrai bonheur n'est pas de posséder beaucoup, mais d'espérer et d'aimer beaucoup. N'oublie plus, ami, que notre espérance n'est pas d'ici-bas, ni notre amour non plus. Ce monde s'évanouit comme un songe. Il ne reste de nous que nos ames immortelles, et c'est en Dieu seul qu'elles pourront parfaitement s'aimer et trouver la plénitude du bonheur.

Ce disant, la femme aux cheveux blancs tressaillit et serra sur son cœur son enfant qui pleurait toujours.

Pendant que cette scène se passait à la mansarde, une autre non moins navrante avait lieu à la garnison de Jules Saletas. Par ordre du colonel, une grande inspection avait été ordonnée. Cette mesure inattendue fut pour le jeune soldat un coup de foudre, et peu s'en fallut qu'il ne désertât. Il n'a plus sa capote, il n'a nulle excuse à faire valoir. Il a menti à l'empereur, en lui disant qu'il l'avait laissée au corps de garde, afin de s'aguerrir contre le froid; il a fait plus, il n'a porté aucune plainte; il sera accusé de l'avoir vendue, et il se verra jugé par le conseil de guerre et condamné à être honteusement passé par les armes. Il est vrai qu'il n'aurait qu'un mot à dire; mais son frère vit-il encore? et, s'il vit, doit-il le déshonorer en révélant sa retraite qui bientôt le ferait reconnaître et lui vaudrait les flétrissures de l'infamie? Des angoisses horribles torturaient le pauvre jeune homme. La mort lui paraissait mille fois préférable à la honte de trahir celui qu'il aimait comme un autre lui-même. Il eut un moment la coupable pensée du suicide. Mais il se rappela bientôt les douces leçons de sa sainte mère; il n'en serait, du reste, pas moins déshonoré, puisque chacun croirait qu'il ne s'est débarrassé de la vie que parce qu'il était coupable. Il songea à la vénération qu'avaient pour lui tous les soldats de sa compagnie; à l'affection de ses chefs qui l'estimaient comme le modèle du soldat, car il n'avait jamais été puni, et des larmes coulèrent de ses yeux. Puis il pria et finit par s'abandonner résolûment aux mains de la Providence, qui seule peut sonder les reins et les cœurs, et qui bien souvent justifie quand les hommes condamnent, et condamne quand ils justifient.

Bientôt le colonel arriva, et, s'arrêtant devant Saletas, en lui frappant doucement sur l'épaule :

— Quant à toi, mon brave, je suis sûr que, comme à l'ordinaire, je n'aurai que des éloges à t'adresser, s'écria-t-il.

— Dans tous les cas, mon colonel, il n'y aura pas de ma faute.

Et une sueur brûlante couvrait le front du soldat. Lui qui d'ordinaire parlait avec une si noble assurance, comme tous ceux dont la conscience est sans remords, put à peine balbutier la phrase banale qu'il venait de répondre à son colonel. Celui-ci, après avoir inspecté, lui dit d'un air sévère :

— Ta capote? je ne la vois pas.

— Je l'ai perdue.

— On te l'a volée, sans doute?

— Non, je l'ai perdue.

Prends garde, je pourrais bien ne pas te croire!

— Je dis pourtant la vérité.

— Songe aux conséquences de tes paroles; elles peuvent te déshonorer, et t'arracher cet habit de soldat que tu as si bien porté jusqu'à ce jour. Ecoute, voici ce que j'ai appris : cette nuit tu montais la garde; tu es parti pour la faction avec ta capote; tu l'as gardée quelque temps sur la terrasse; un homme que tu connais, que tu attendais, que tu as tutoyé, s'étant présenté, tu la lui passas, mais l'arrivée d'un personnage de haute distinction le força à s'élancer dans les flots.

— Sait-on ce qu'il est devenu? dit Jules en frémissant.

— Non. Mais tu avoues donc que je n'ai dit que la vérité?

— La pure vérité, colonel.

Saletas s'appuyait sur ses deux voisins de droite et de gauche, et ses genoux fléchissaient et sa poitrine oppressée poussait des sanglots à l'étouffer.

— Quatre soldats et un caporal, dit le colonel avec un accent de sévérité douloureuse. Saletas, sortez des rangs; vous allez être conduit à l'Abbaye; vous aurez à vous justifier devant un conseil de guerre. Le soir même de cette terrible journée, toute la compagnie voulut signer une pétition en faveur d'un camarade aimé. L'empereur la reçut en même temps que la lettre suivante :

« Sire, d'après vos ordres confidentiels, j'ai passé la revue de la compagnie de Saletas; la capote du jeune homme ne s'est point retrouvée; mais tout le reste est parfaitement en règle. Ce soldat a persisté à déclarer qu'il l'avait perdue. En conséquence, je l'ai fait conduire à l'Abbaye, en attendant le conseil de guerre qui doit le juger.

» Le colonel RICARD. »

— Quel mystère! dit l'empereur; mais je veux aller jusqu'au bout. Je ne sais pourquoi je m'intéresse si vivement à ce jeune homme. Ce malheureux n'a évidemment voulu que garantir un instant son frère contre le froid, mais quel est ce crime dont ils ont parlé? Hélas! la victime a peut-être emporté son secret dans les flots. Puis, s'étant mis à parcourir la pétition des soldats, il sentit plusieurs fois des larmes lui mouiller la paupière en la parcourant. Ce n'était qu'un éloge perpétuel de la bonne conduite, du dévouement et du désintéressement de Saletas. « Il y a là-dessous une bien grande perfidie ou un singulier héroïsme, se dit l'empereur. Le malheureux va se laisser fusiller plutôt que de rien avouer sur ce frère coupable. Pourquoi cacher une faute de la sorte, s'il n'en était pas complice? Mais qui m'assure que ce n'est pas par pur dévouement? Voilà donc l'alternative de cet homme : la mort ou le boulet. C'est horrible! Cependant j'irai jusqu'au bout! » Et tirant ses tablettes, l'empereur écrivit au crayon :

« Colonel, vous donnerez à Saletas, pour camarades de chambrée, à l'Abbaye, deux soldats adroits, chargés de surveiller ses paroles. Cet homme cache un secret qu'il faut découvrir. Mais si ce que vous apprendrez est à son désavantage, vous ne m'en ferez rien savoir. »

Le colonel suivit ponctuellement cet ordre. On ne put rien découvrir; Saletas était impénétrable. Napoléon n'en fut que plus opiniâtre à vouloir tout connaître. Comme il cherchait un moyen, il imagina de faire faire des perquisitions par la police, pour découvrir la retraite de cette vieille mère que Saletas n'avait pas plus voulu désigner que son secret. Cette fois, Fouché fut très-habile, et la retraite de la pauvre mère fut bientôt connue; mais Charles toujours aux aguets s'était échappé sans qu'on eût pu prendre son signalement. Napoléon ordonna à Fouché de lui amener la vieille mère dans son palais.

III

Napoléon se promenait à grands pas dans une salle du château des Tuileries. Quelquefois il s'arrêtait tout à coup pour contempler la neige qui couvrait les toits des maisons voisines. Son grand œil jetait des éclairs. Son pied retentissait impatient sur le plancher. Il ne songeait pas même à s'approcher d'un grand feu qui pétillait dans l'âtre d'une vaste cheminée pour réchauffer la salle. Quiconque eût pu le voir dans cet instant n'eût pas manqué de découvrir qu'il attendait impatiemment quelque chose qui n'arrivait pas.

Tout à coup, un bruit se fit entendre; son front reprit sa sérénité habituelle. Il approcha deux grands fauteuils du foyer pétillant, et se mit à regarder la porte qui ne tarda pas à s'entr'ouvrir. Une pauvre vieille femme infirme, soutenue par deux suivantes, s'avança, la pâleur sur le front et le tremblement dans tout son corps, vers le puissant potentat qui, d'un seul mouvement de ses sourcils, faisait trembler l'univers. Napoléon la salua avec déférence, et la conduisit lui-même vers le fauteuil laissé vide, où il força la pauvre femme à s'asseoir, en ordonnant à tout le monde de se retirer.

— Madame, vous avez eu à souffrir de bien grands malheurs en votre vie.

— Sire, j'ai beaucoup souffert; mon pèlerinage sur la terre a été rude; cependant, je ne me suis jamais plainte, car je crois que Dieu, dans sa sagesse, a donné à tous les hommes une somme de douleurs proportionnée aux joies dont il les abreuve. Personne ne saurait échapper à cette loi suprême et universelle.

Napoléon ne répondit pas. Ces paroles le jetèrent dans une soudaine rêverie. Peut-être en ce moment, au faîte de la grandeur et de la puissance, songeait-il à sa fin tragique, lui qui alors avait déjà dit: « Quand Dieu n'aura plus besoin de moi, il me brisera comme fait le potier du vase qui ne peut plus lui servir? » Au bout de quelques minutes, s'arrachant brusquement à cette préoccupation :

— Vous avez deux fils, madame?

— Oui, Sire.

— L'un sert sous mes drapeaux?

— Et nourrit sa vieille mère de sa paie et de son pain.

Napoléon se tut de nouveau. Un tel enfant ne pouvait pas être un scélérat. Il se reprochait déjà d'avoir fait assembler le conseil de guerre qui le jugeait en ce moment. Ces gens cacheraient-ils l'héroïsme comme d'autres font des forfaits, pensa-t-il? Puis il reprit d'une voix brusque :

— L'autre, madame?

— Sire, il se dévoue nuit et jour à sa pauvre mère. Peu de femmes ont été plus aimées que moi par leurs enfants. Il en est moins encore qui en ont reçu tant de preuves de dévouement filial, d'abnégation constante, de tendresse poussée jusqu'à l'héroïsme. Sire, mon Charles a pu descendre jusqu'à tendre la main aux passants pour en obtenir l'aumône qui devait sauver de la faim sa mère expirante. Et cependant, il était le fils d'un homme mort sous vos drapeaux, dans cette glorieuse campagne d'Italie qui vous fit briller comme un astre à sa naissance aux regards de l'univers entier.

— Il eût mieux fait de travailler; l'aumône déshonore.

— Sire, elle ne saurait déshonorer l'honnête homme qui ne fut pas exaucé, car la pitié du riche lui refusa jusqu'à l'obole qui pouvait me sauver la vie, après lui avoir refusé tout travail.

— Que fit-il alors?

— Il dit à son frère de s'engager pour gagner sous vos étendards le morceau de pain qui devait nourrir sa vieille mère.

— Il eût pu le faire lui-même.

— Je ne pouvais demeurer seule, infirme comme je l'étais, et son frère n'eût pu aussi bien que lui m'aider dans mes cruelles infirmités.

— Madame, pardonnez à ma franchise; mais tandis que vous n'avez que des paroles d'éloges à donner à votre fils, l'opinion publique...

— Sire, ce n'est point à une mère qu'il appartient d'accuser l'enfant qu'elle a porté dans ses entrailles, surtout quand cet enfant n'est devenu coupable, si tant est qu'il le soit, que pour l'avoir trop aimée.

Napoléon se sentit de nouveau vaincu. Son ame était trop généreuse et trop grande pour vouloir enfoncer plus avant le poignard dans ce cœur de mère.

En ce moment Fouché entra.

— Eh bien?

— Sire, je sais tout.

— Oh! alors, grâce! grâce! Sire, pour mon pauvre enfant! s'écria la malheureuse en tombant à genoux aux pieds de l'empereur.

— Crime? Trahison? Complot? fit celui-ci.

— Moins que cela, Sire, une bagatelle, un enfantillage, reprit Fouché.

La pauvre mère respira.

Napoléon jeta sur elle un regard de compassion profonde et la releva avec bonté.

— Pourquoi donc me le cachiez-vous tant? lui dit-il.

— Une mère, Sire, ne juge jamais comme légère une faute qui, si elle était connue, pourrait à jamais flétrir le front de son fils.

— Alors, vous l'entendez, Monsieur Fouché, ceci doit rester entre nous.

— Oh! merci, Sire! et puissent mes fils verser jusqu'à la dernière goutte de leur sang, pour vous témoigner toute l'étendue de ma reconnaissance.

— Cependant, je ne puis résister à l'envie de connaître au moins la nature du délit. Racontez-nous donc, Monsieur, comment vous avez tout découvert.

— Le conseil de guerre s'étant assemblé, Saletas s'y montra calme et inflexible; il persista dans ses premières déclarations, et donna de généreux démentis à ceux de ses camarades qui, pour le sauver, disaient avoir été les victimes de quelques vols récents. Mais à peine le capitaine rapporteur eût-il fait entendre sa voix accusatrice, qu'un cri déchirant retentit au fond de la salle, et un jeune homme, se précipitant avec violence, franchit les barrières, se posa fièrement devant ses juges, et dit : « Voici le seul coupable. Ce soldat n'a fait que me prêter sa capote pour réchauffer un instant mes épaules engourdies, et des circonstances imprévues m'ont seules empêché de la lui rendre. Vous devez me croire, puisque je suis son frère. »

» — Non, ce jeune homme n'est pas mon frère, répondit Saletas, au moment où j'allais lui mettre la main au collet pour m'en emparer; je ne puis abuser de son généreux mensonge pour me sauver comme un lâche.

» Mais Charles s'élança dans ses bras et le pressa avec frénésie sur sa poitrine.

» — Maintenant, nie-le si tu peux, s'écria-t-il, en voyant couler les larmes des yeux du jeune homme. Oui! oui! je suis bien ton frère, ton frère, qui vit pour te sauver l'honneur.

» — Et le tien donc, malheureux, lui dit Jules à voix basse, en détournant la tête et repoussant, malgré lui, ses embrassements et ses caresses.

» Tous les assistants, émus à l'aspect de cette scène sublime, ne pouvaient retenir leurs larmes. Chacun demeurait convaincu de la sincérité de l'étranger. Mais s'il eût pu rester l'ombre d'un doute, Charles n'aurait pas tardé à la dissiper en racontant au colonel ce que celui-ci avait appris de votre propre bouche. Il fit ensuite connaître, comment, après s'être précipité dans les flots, deux bateliers le sauvèrent au moment où il allait disparaître pour toujours.

» — Mais pourquoi vous êtes-vous sauvé? demanda le président du Conseil.

» — Je ne puis le dire qu'à l'empereur.

» J'offris aussitôt de le conduire devant vous. Il me suivit d'un pas ferme. En passant au milieu de mes hommes, un d'eux le reconnut et me dit à l'oreille :

» — Cet homme est sous le coup d'un mandat d'arrêt.

» — Le motif?

» — Vol de pain. »

— C'était pour me sauver la vie, s'écria la pauvre mère!

— Qu'on les fasse entrer, dit l'empereur.

Les deux jeunes gens parurent un instant après. L'empereur leur évita les embarras d'une explication. S'approchant du grenadier :

— Tu es un noble cœur, Jules, et je veux faire quelque chose pour toi.

— Sire, sauvez l'honneur de mon frère, et prenez jusqu'à la dernière goutte de mon sang.

— Très-bien, enfant, fit la mère en sanglotant, et en recevant ses deux enfants dans ses bras.

L'empereur sentit ses entrailles s'émouvoir. Arrachant la croix de sa poitrine, il l'attacha sur le noble cœur de cet héroïque enfant, puis il reprit :

— J'aurai soin de votre mère : allez tous deux, comme frères d'armes, conquérir gloire, honneur et fortune sur le champ de bataille. Avec un peu de bonne volonté, bientôt vous pourrez revenir faire le bonheur des vieux jours de cette femme digne d'un meilleur sort! Votre régiment part demain pour le Rhin. Vous viendrez tous deux après la première bataille me rendre visite.

La première bataille eut lieu; mais Jules seul se présente à l'empereur, le bras en écharpe et une jambe de bois.

— Et ton frère?

— Il a racheté sa faute, Sire, en tombant enveloppé dans les plis d'un drapeau qu'il venait d'enlever à l'ennemi.

— Tu étais près de lui?

— Ce bras fracassé, la jambe emportée par un boulet...

— C'est juste.

— Ma mère m'attend, Sire!

— Demain, tu auras ton congé.

En arrivant dans son pays, où sa mère s'était retirée grâce à la munificence de l'empereur, il la trouva dotée d'une pension de quinze cents francs. Lui-même reçut la paie des officiers en retraite, comme récompense de ses services. Un bienfait de l'empereur avait toujours l'air d'une récompense.

ANUNCIATA.

I

Pendant cette terrible et fatale guerre qui menaça l'indépendance de l'Espagne et finit par ébranler sur ses bases le trône de Napoléon, après avoir dévoré sans fruit tant de braves Français, quelques milliers de prisonniers furent arrachés à la péninsule et dispersés dans différentes villes de la France. Dijon en reçut une partie. Ces étrangers n'étaient point renfermés dans une prison ; logés chez des particuliers, ils pouvaient errer à volonté dans la ville et dans les environs; mais cette liberté même achevait de briser leur cœur en leur rappelant sans cesse le doux charme de la patrie. Assis sur un coteau solitaire, ils promenaient un regard mouillé de larmes sur la nature qui les entourait et rêvaient au beau ciel de leur pays, aux joies du foyer domestique où pleuraient maintenant une vieille mère, un père aux cheveux grisonnants, une sœur chérie. Qui pouvait leur rendre le feuillage odorant de leurs orangers ? les lieux aimés qui rappelaient à leur cœur mille doux souvenirs? leurs montagnes et leurs grands fleuves? ce soleil même dont ils avaient autrefois accusé l'accablante chaleur ? Leurs bras étaient fatigués de ne plus porter un mousquet, et, dans les tristes loisirs que la captivité leur avait faits, ils enviaient le sort de leurs compatriotes qui combattaient et mouraient pour la patrie.

Parmi tous ces infortunés, on distinguait surtout un prisonnier qui paraissait avoir une grande influence sur ses compagnons de captivité. Son œil était vif et ardent, ses manières graves, et ses moindres mouvements décelaient la noblesse de son origine. Les soucis accumulés sur son grand front intelligent, la profonde mélancolie répandue sur tous ses traits, l'insensibilité même qu'il témoignait aux personnes qui prenaient le plus ardent intérêt à son malheur, prouvaient que la patrie occupait son ame tout entière.

Cependant, il avait amené avec lui une jeune enfant, seul fruit d'une union brisée prématurément par la mort. Rien n'était triste et poignant à voir comme la douleur qu'éprouvait le pauvre père en contemplant sa fille. Pendant des heures entières, il couvrait de longs et profonds regards le jeune ange qui se jouait à ses pieds et qui n'avait plus que lui, pauvre prisonnier, pour soutien sur la terre. De grosses larmes roulaient alors sur les joues du guerrier ; il reportait ses regards vers le ciel de sa chère Ibérie, et, se levant le cœur gros de soupirs, il se promenait à grands pas avec une agitation fiévreuse. Vingt fois, il couvrait de poignants baisers la pauvre petite fleur arrachée au sol espagnol pour être transplantée sur une terre étrangère.

— Anunciata ! Anunciata ! s'écriait-il ; et des torrents de larmes découlaient de ses yeux.

Anunciata s'élançait au cou de son père qu'elle accablait de ses caresses ; mais la douceur même de ces marques de tendresse ne faisait que redoubler les tourments de l'exil dans l'ame du pauvre prisonnier. Que deviendrait cette enfant loin du doux sol de la patrie, et quelle serait la destinée de l'unique descendante d'une des plus illustres maisons de l'Andalousie, si jamais il allait mourir sur le sol de l'esclavage ?

Ces funestes appréhensions qui torturaient le cœur du pauvre proscrit, devaient bientôt revêtir un caractère plus sinistre encore. Tous ses malheureux compagnons, rongés par le mal du pays, ne tardèrent pas à tomber dans une sombre mélancolie ; leur santé s'altéra rapidement ; ils dépérirent comme ces arbres de leur patrie qu'ils contemplaient dans les serres des jardins de la France. Pour dernière calamité, une maladie épidémique les décima avec une violence redoutable, et fit, parmi tous ces infortunés, les plus terribles ravages. On s'empressa de les entasser dans un hôpital, qui ne suffisait point au nombre des malades. Cette mesure, en redoublant leur chagrin, ne fit qu'accroître la mortalité. Ces malheureux ne demandaient plus qu'à mourir, car ils n'envisageaient dans la tombe que la fin de leurs angoisses. En voyant succomber leurs compagnons, les regards de ceux qui survivaient brillaient par intervalle du feu d'une joie sinistre, et ils souriaient à la pensée de leur dernière heure comme s'ils avaient aperçus le rivages de la patrie.

Mais, tandis que toute la ville s'occupe avec inquiétude et terreur du sort de ces victimes, voilà que tout à coup retentissent, comme un coup de tonnerre, ces cris : « Au feu ! au feu ! à l'hôpital des prisonniers ! » Bientôt des clameurs confuses s'élèvent de toute part et se mêlent aux lugubres gémissements de la cloche d'alarme. La foule se heurte et se presse comme les vagues d'un océan sur le lieu du sinistre. Mais, au lieu de chercher à prévenir les progrès de l'incendie, cette immense multitude contemple avec effroi les ravages de la flamme et demeure immobile. Le préfet, M. de Molé, qui survint en ce moment, s'indigne de cette ignoble apathie. Par ses exemples, encore plus que par ses paroles, il détermine cette foule indifférente à lutter avec acharnement contre les fureurs du fléau dévorant. Mais tous ses efforts sont inutiles, et l'incendie vainqueur gagne déjà la retraite où se sont réfugiés ceux des malades auxquels restait encore la force de se mouvoir. Des cris déchirants partent de ce lieu. Les entrailles du préfet en sont émues, il s'écrie :

— Sauvons les malades !

Un silence de mort accueille ces paroles.

— Comment ! s'écrie-t-il de nouveau, en les laissant périr vous consentez donc à mériter le titre d'assassins ?

— Ce sont des pestiférés, répond une voix sinistre.

— Mille francs à qui s'élance le premier dans l'hôpital, et qui en rapporte un Espagnol ! répond le généreux magistrat.

Mais pas un seul homme ne répondit à son appel.

— Eh bien ! s'écrie-t-il alors avec indignation, puisqu'il ne se trouve pas un homme dans tout ce peuple, il ne sera pas dit du moins que j'aurai forfait à mon devoir !

— Ni moi non plus ! s'écrie un soldat qui arrivait en cet instant; et, donnant la main au préfet, tous deux s'élancèrent à travers les flammes dévorantes. La foule immobile attend en silence le retour de ces héros; une fiévreuse impatience dévore tous les cœurs; une anxiété terrible se peint sur tous les visages : déjà tous ces hommes n'espéraient plus les revoir, lorsqu'à travers les flammes, on aperçoit ces deux généreux citoyens revenant chargés d'un glorieux fardeau qu'ils déposent aux mains de la multitude pour retourner encore au milieu des décombres embrasés. A cette vue, des clameurs frénétiques d'admiration s'élèvent jusqu'aux nues, et la foule électrisée par tant d'héroïsme, s'ébranle à son tour et se précipite à travers la fournaise ardente. Tout ce qu'il y avait encore de vivant dans l'hôpital fut sauvé, malgré la violence de l'incendie, et le préfet fut reporté en triomphe dans son hôtel, où il périt le lendemain, victime de son admirable dévouement.

Lorsqu'on rechercha le vieux soldat qui, lui aussi, avait donné l'exemple d'un sublime courage, on ne le retrouva plus. A l'aspect des hommages rendus au préfet, il s'était secrètement dérobé à l'ovation de cette foule enthousiaste, emportant dans ses bras un trésor qu'il n'eût pas échangé contre un trône : c'était la petite Annunciata. Il l'avait trouvée dans les bras de son père expirant; il avait juré au guerrier prisonnier de devenir un second père pour l'enfant qu'il voulait bien confier à son dévouement. Cette promesse avait fait briller un éclair de joie dans les yeux du malheureux exilé, qui serra, dans une suprême étreinte, la main du vieux soldat, et parut mourir avec moins de regrets.

II

Le lendemain, le vieux sergent Renesse regagnait son régiment avec le doux trésor qu'il chérissait déjà plus que la prunelle de ses yeux. Tous ses compagnons d'armes, qui connaissaient sa bravoure, son audace et son dévouement, ne doutèrent pas qu'il n'y eût encore toute une histoire d'héroïsme dans l'arrivée de ce gentil bijou parmi eux. Ils entourèrent donc la petite de mille caresses, et l'adoptèrent comme l'enfant du régiment. Le sergent en fut touché jusqu'aux larmes et leur raconta son aventure tout entière. Son récit ne fit que redoubler l'intérêt qu'inspirait déjà la petite orpheline à tous ces hommes habitués au feu des batailles et à la vue du sang et du carnage. Bientôt, Anunciata fut choyée, caressée, fêtée par tous ces vaillants batailleurs. C'était à qui lui procurerait un joyau, une friandise, un bijou ; à qui en recevrait une caresse, un baiser. Mais aucun d'eux ne fut aimé comme le bon sergent qui l'avait arrachée aux flammes et l'avait adoptée pour sa fille. Le vieux soldat devint fou de bonheur. Il lui était aussi difficile de se passer des caresses de son enfant, que du boire et du manger.

Mais aussi elle était si gentille, si belle et si bonne, la douce et mélancolique petite fille ! Huit printemps avaient à peine épanoui les premières grâces de cette rose naissante, de ce bouton près d'éclore, et déjà elle offrait aux regards éblouis l'aspect d'une petite merveille. Rien ne surpassait la transparence de son teint, la délicatesse de ses traits, la beauté de sa chevelure qui retombait en boucles épaisses sur sa robe, blanche toujours comme un lis des champs. Sa taille avait la souplesse et la délicatesse du roseau. Son grand œil, un peu mélancolique, attirait comme l'aimant, fascinait le regard ébloui, et faisait naître dans l'ame une irrésistible sympathie. Le doux sourire qui s'épanouissait sur ses lèvres roses illuminait toute sa figure et en faisait la plus admirable petite fée que pût contempler un cœur de père.

Aussi le vieux sergent en était-il fier, comme l'empereur l'était de son diadème. Pendant les marches, il la faisait marcher en tête du bataillon. Arrivé au lieu du bivac, il l'enveloppait dans sa capote grise, la prenait dans ses deux bras, et, appuyant sa belle petite tête sur son cœur, il la voyait s'endormir sur sa martiale poitrine, après l'avoir vingt fois baisée au front et l'avoir vue lui sourire avec amour et reconnaissance. Dans ces moments, le cœur du vieux guerrier battait plus fort sous ses armes, et de ses lèvres s'échappaient d'étranges monologues.

— N'est-il pas étonnant que moi, qui ne connais ni père, ni mère, ni oncle, ni tante, ni neveu, ni nièce, je sente là respirer sur ma poitrine ce petit enfant chéri, qui dort du sommeil des bienheureux, enveloppé dans ma vieille capote, comme si c'était un bon lit de plume? Mais n'est-elle pas gentille et ravissante, la pauvre petite ainsi endormie sur mon cœur? Vraiment, depuis le jour où je l'ai trouvée dans les flammes, où Dieu m'a fait son père, elle a été si douce et si bonne pour moi qu'il faudrait que je fusse un je ne sais quoi pour ne pas l'aimer. Je sais bien que quelques-uns rient de ma folie pour elle au régiment; mais quand ceux qui plaisantent auront reçu comme moi, sur le champ de bataille, cette croix des mains du petit caporal lui-même, quand ils auront gagné ces trois chevrons et ces galons, dont je suis fier, je pourrai peut-être descendre jusqu'à eux pour leur répondre; et, s'ils n'ont pas alors l'épée meilleure que la langue, je crains fort que leur peau ne puisse aussi bien supporter les chatouillements de ma lame que moi je supporte ceux de leurs langues. Jusques-là, je les méprise assez pour ne pas me soucier de leurs cancans et je garde ma fille chérie, mon trésor, mon doux ange.

Et tout en disant ces mots, il la couvrait de gros baisers au risque de l'éveiller. Puis quand venait le moment de se mettre en marche, c'étaient d'autres discours.

— Eh bien! Annunciata, mon enfant chérie, comment cela va-t-il ce matin?

— Mais bien, mon père, j'ai dormi longtemps et je ne suis pas fatiguée.

— Tant mieux, car il va falloir nous remettre en route.

— Oh! je marcherai bien, mon père.

— Oui, ma pauvre enfant, je le sais, tu as bon courage; mais si ce qu'on nous dit est vrai, nous en avons encore pour longtemps, car nous allons jusqu'à Paris.

— Ah! quel bonheur! je pourrai donc voir la grande ville!

— Oui, et peut-être l'empereur!

— L'empereur que vous aimez tant, père!

— Celui-là même.

— Oh! alors, n'ayez pas peur, je saurai bien marcher pour l'empereur!

— Bien dit, mon bijou! mais voici le colonel qui vient par ici, ne manque pas de lui faire ta plus jolie révérence.

Le colonel s'approcha de Renesse et lui dit :

— Sergent, vous marcherez avec les bagages, afin de pouvoir mettre la petite sur les fourgons, quand elle sera fatiguée.

— Merci, mon colonel, et fasse le Ciel qu'un jour je puisse me faire tuer pour vous, afin de vous prouver toute la reconnaissance que m'inspire cet acte de bonté.

— Toujours le même, dit le colonel, la larme à l'œil, au vieux sergent, en lui tendant une main que celui-ci serra cordialement.

— Elle est charmante la petite, dit le colonel en lui donnant quelques tapes sur la joue.

Le vieux sergent pleurait.

— Elle est encore plus aimable que belle, répondit-il; aussi est-elle aimée de tous. Ceux-là mêmes qui se moquent le plus de moi, sont les premiers à la prendre dans leurs bras et à la porter dans les mauvais chemins.

— Et qui pourrait ne pas aimer une si gentille perle, reprit l'officier supérieur; mais il me semble que tu as pris là une bien lourde charge, mon brave sergent.

— Je le sais bien, colonel; mais enfin est-ce que je n'ai pas été comme elle un pauvre enfant trouvé? Si le régiment ne m'avait pas adopté, s'il ne m'avait nourri, élevé, que serais-je devenu? Pourquoi donc ne ferais-je pas pour un autre ce qu'on a fait pour moi?

— Tout le monde vous approuve, mon cher camarade, mais l'enfant deviendra grande, et vous ne pourrez pas toujours la garder.

— Bah ! nous en ferons une cantinière, mon colonel. Mais est-il vrai, que nous allons à Paris?

— Il le paraît, répondit l'officier, car on dit que l'empereur prépare une grande expédition, et qu'il veut passer en revue tous ceux qui en feront partie. J'espère bien que nous serons du nombre, Renesse.

— Merci, colonel, et au succès de l'expédition !

— Au bonheur de la petite, dont je veux parler à l'empereur, car elle me plaît.

— Alors, elle pourra bien devenir un jour la femme d'un général, si celui-là s'en mêle, reprit le sergent, ivre de joie.

Le régiment se remit gaiement en route. Jamais le vieux sergent ne quittait sa fille qui le suivait bravement. Quand un soldat restait en arrière, on lui disait : « Eh! grenadier, donne ton fusil et ton sac à la petite, elle te portera cela jusqu'à l'étape. » Tout le monde riait alors à la face du pauvre piéton qui faisait de nouveaux efforts pour ne plus mériter d'aussi cruelles plaisanteries. Quand les chemins étaient mauvais, quand il faisait vilain temps, c'était à qui inventerait un moyen de transporter sans fatigue pour elle, et de mettre à couvert celle que tous les soldats, à l'exemple du colonel, surnommaient la perle du régiment. L'officier et les fourriers qui allaient préparer les logements, avaient toujours soin de placer le sergent et son enfant d'adoption dans les maisons où il y avait des femmes et des enfants, sûrs qu'ils y seraient bien reçus ; ce qui ne manquait jamais, car la bonté de l'un et la grâce de l'autre leur assuraient à tous deux un doux et cordial accueil. Ajoutez à cet intérêt si tendre qu'excitait naturellement la pauvre orpheline, la gloriole que mettait le sergent à ce que sa fille fût toujours parée comme une madone, et vous comprendrez comment, chaque fois qu'ils sortaient d'une maison, on ne les voyait jamais s'éloigner sans se sentir des larmes dans les yeux.

Cependant, que de privations ne devait pas s'imposer ce brave soldat pour procurer ces toilettes à son enfant chérie ! Tous ces petits plaisirs d'autrefois avaient été successivement supprimés. Les cafés ne le voyaient plus l'honorer de sa présence; le bienheureux tabac et ses douces fumées n'égayaient plus ses saillies ; mais il n'en était ni moins joyeux, ni moins satisfait de sa conduite, et, dans son dévouement même, il trouvait un bonheur et des jouissances que ne saurait égaler aucune autre volupté. Il était, du reste, trop fier pour accepter d'un de ses compagnons quoi que ce fût qu'il n'aurait pu lui rendre. Mais en retour, plus il s'imposait de sacrifices pour parer sa fille comme le voulait son cœur, plus il jouissait de la voir si belle, si admirée, si douce et si bonne.

Toutefois, il était encore une chose qu'il aurait fallu lui donner, parce qu'il sentait qu'une femme n'était rien sans cela : c'est l'éducation. Malheureusement, la chambrette d'un sergent n'était pas un très-bon séjour pour une jeune fille. N'importe, l'homme généreux ne recule devant aucun obstacle. Avec l'ardente sollicitude d'une tendre mère, il commence par écarter d'elle tout propos, tout discours qui aurait pu effaroucher sa pudeur ou ternir la naïve innocence de son ame pure et candide. Quoiqu'il ne fût pas un savant, il savait pourtant lire et écrire, et quand il faisait trop mauvais temps pour aller se promener avec la petite, il lui enseignait tout ce qu'il savait. Bientôt l'élève en sut plus que le maître et je vous laisse à penser si celui-ci en fut fier, et si ce fut avec plaisir qu'il s'efforça de lui procurer tous les livres qui pouvaient orner l'esprit et former le cœur de sa gracieuse protégée.

III

Pendant que le sergent Renesse cherche à faire de sa fille adoptive une femme accomplie, Napoléon songe à châtier Alexandre, qui venait de refuser formellement d'entrer dans son vaste système de blocus continental contre l'Angleterre. Il avait conçu le plan gigantesque de cette terrible campagne de Russie, qui devait finir si tristement, hélas! Afin de ranimer l'ardeur de ses soldats, épuisés par tant de guerres meurtrières et décevantes, l'empereur désira les voir tous, leur parler, et, par ces mots magiques qui les électrisaient, reprendre sur eux ce pouvoir de l'intelligence sur la matière, au moyen duquel il les déterminait à tous les dévouements et à tous les sacrifices. Il voulait lui-même passer en revue chacun des régiments qui devaient faire partie de l'expédition et les embraser de cet enthousiasme pour sa personne qui se changeait en fanatisme dévorant. A sa vue, à sa voix, ces vieux guerriers oubliaient toutes leurs fatigues. Dans les somptueux repas que le maître leur faisait servir dans le jardin de Tivoli, ils reprenaient leur courage en buvant à la santé de l'armée et du grand empereur.

Le régiment de Renesse fut à son tour appelé pour prendre part à ces fêtes, après lesquelles se faisaient les revues. Dans cette réunion, le vieux sergent commença à comprendre quelle était la grandeur et quelle pouvait être la durée de l'entreprise qu'on allait tenter. Il sentit alors qu'il lui serait impossible d'emmener sa petite protégée dans cette course vertigineuse, qui ne devait cesser qu'au bout du monde. Dès ce moment, une dévorante inquiétude lui rongea le cœur. Il se demandait ce qu'allait devenir la pauvre enfant, et son cœur se brisait dans sa poitrine. Mais pendant qu'il s'abandonne à toute l'amertume de ses poignantes angoisses, il apprend tout à coup que l'empereur vient de fonder une maison spéciale pour l'éducation des filles des membres de la légion d'honneur dont le brave soldat faisait partie. Aussitôt son parti fut pris, et rien désormais n'aurait pu l'empêcher de faire son siége. Ce qu'il voulait emporter d'assaut, c'était l'avenir de son enfant.

Le jour de la grande revue, Renesse, dans une tenue irréprochable, va trouver son colonel et lui rappelle sa promesse que celui-ci avait oubliée. L'officier l'assure qu'il le secondera dans la démarche qu'il veut tenter pour la perle du régiment. Satisfait de cette promesse, le sergent revint auprès de sa douce Anunciata qu'il pare de ses propres mains de tous ses plus riches atours. Les beaux cheveux bouclés de la jeune fille descendaient en ondes épaisses sur sa robe de mousseline blanche. Ils étaient séparés par un ruban sur son beau front transparent et uni comme un marbre de Carrare. Jamais la belle enfant n'avait eu un regard plus doux et plus noble. Une ceinture de velours noir marquait parfaitement sa taille rondelette, ses bas blancs étaient bien tirés, ses petits souliers bien luisants. Ses manches qui dessinaient parfaitement la forme de ses jolies bras, sa démarche si digne et si aisée, achevaient de faire d'Anunciata un petit être plein de charmes et de grâce. Le sergent fut saisi d'un noble orgueil en la voyant si gentille et si belle, et jura que l'empereur lui-même s'y laisserait prendre. Il la fit donc placer derrière son peloton, afin qu'elle fût prête quand il l'appellerait.

A peine le régiment était-il placé à son rang, que le bruit des tambours et les fanfares des clairons annoncèrent l'arrivée de l'empereur.

Au moment où celui-ci passa devant le front du régiment, le sergent fit deux pas en avant, présentant les armes à son souverain.

— Tu as à me parler, mon brave, dit l'empereur en s'arrêtant devant lui.

— Oui, sire, si votre majesté daignait me le permettre.

— Je t'écoute.

— Sire, voyez cette croix qui brille sur ma poitrine, je l'ai reçue de votre propre main sur le champ de bataille pour être entré le premier dans une redoute. Si je vous en parle, ce n'est point par orgueil, quoique j'en sois fier, mais pour vous prouver que je suis digne de votre intérêt, et que j'ai quelque droit à la faveur que je voudrais vous demander.

— Ajoute à cette recommandation celle de ton colonel et la mienne, car je t'ai vu combattre comme un lion contre les ennemis de ton pays.

— Merci, sire, ceci me rend plus hardi et plus confiant.

Et d'une voix claire, nette et précise, le sergent raconta en peu de mots, partis du cœur, comment il était devenu père de la jeune Anunciata. L'empereur étonné de ces paroles se tourna vers le colonel comme pour lui demander ce qu'il devait croire de tout ce récit. Mais l'officier supérieur se hâta d'en confirmer l'exacte vérité, en faisant le plus brillant éloge du dévouement de son sergent.

— Je vois, dit alors l'empereur en s'adressant à Renesse, que non-seulement tu es un brave soldat, mais que tu es aussi un homme de cœur, de sacrifice et d'abnégation. Je te ferai remettre de quoi pourvoir aux besoins de ta fille d'adoption.

— Pardon, sire, ce n'est pas précisément cela que j'aurais désiré.

Il paraît que ma fille sort d'un sang illustre. Qui sait si quelque jour elle ne pourrait pas faire le bonheur d'un de vos généraux? Enfin, c'est peut-être un rêve, mais j'avais cru que Votre Majesté ne pouvait refuser de la recevoir dans la maison de la légion d'honneur.

— Ah! je comprends, dit en souriant l'empereur, les braves comme toi ont toujours le cœur haut placé. C'est bien! nous aurons soin de ta fille adoptive.

— Oh! mon empereur, encore une dernière grâce. Après un tel bienfait, daignez avoir l'obligeance de la voir et de lui toucher la main : cela lui portera bonheur.

Et, saisissant l'enfant tout interdite, le vieux sergent la présenta au chef de l'empire. Celui-ci demeura tout ébloui en apercevant cette jolie petite créature. Jamais ses yeux ne s'étaient reposés avec plus d'intérêt sur une jeune fille plus gracieuse. Il était visiblement ému. La saluant d'un sourire :

— Soulève-la jusqu'à moi, que je l'embrasse! s'écria-t-il.

Le sergent prit l'enfant dans ses bras, et tandis que l'empereur déposait un baiser sur son front pur et candide, elle s'écria de toute la force de ses poumons :

— Vive l'empereur!

Ce cri fut répété avec enthousiasme, par tout le régiment, qui, par cette récompense, se trouvait honoré de tout ce qu'il avait fait pour la pauvre petite.

Le lendemain, le brave militaire se rendit à Ecouen. C'était dans cette résidence que l'empereur faisait élever les filles de ses vaillants officiers. Admis devant madame la surintendante, il lui remit les recommandations qui lui avaient été délivrées avec cette fière franchise des vieux soldats du grand empereur.

— Je vous attendais, monsieur, lui dit cette dame avec bonté. Je savais que vous deviez m'amener cette charmante enfant qui m'est spécialement recommandée par Sa Majesté l'empereur.

— Alors, une heureuse étoile commence donc aussi à briller pour elle, reprend le sergent, les larmes aux yeux.

— Cette mignonne créature est votre fille, monsieur? demanda la surintendante en accablant Anunciata des plus tendres caresses.

— Hélas! non, madame, c'est un pauvre ange que Dieu a jeté dans mes bras, et dont j'ai pris le plus tendre soin. Je l'aime comme si elle était l'ame de mon ame. Son amour filial a su jeter sur ma vie un doux rayonnement et m'a procuré quelques mois du plus ineffable bonheur que puisse goûter un cœur mortel.

Et le vieux guerrier raconta de nouveau, non sans verser bien des larmes, comment il était devenu le père adoptif du jeune ange;

ce qu'il avait fait pour sa fille; les marques d'attachement qu'il en avait reçues, et le brillant avenir qu'il avait osé concevoir pour la jeune orpheline.

— La seule chose qui puisse la faire reconnaître, ajouta-t-il, et lui procurer le moyen de recouvrer quelque jour sa famille, est une petite médaille d'argent qu'elle porte au cou, suspendue par une chaîne d'or, ainsi que cette lettre que son père m'a remise en mourant. Puissiez-vous veiller avec le plus grand soin sur ces signes sacrés de reconnaissance dont dépend peut-être la destinée de mon enfant.

— Je promets de veiller à leur conservation avec le plus grand soin, et de contribuer autant qu'il dépendra de moi au bonheur de la chère petite orpheline dont je veux devenir la seconde mère.

— Oh! merci de ces bonnes paroles qui rendront plus léger le cruel éloignement qui va me séparer de mon enfant chérie. Hélas! il paraît que nous allons entreprendre une de ces campagnes dont pas un de nous ne peut se flatter de revenir. Si je dois périr frappé d'une balle pour mon empereur, je mourrai du moins content, maintenant què je saurai ma fille entre les bras d'une mère telle que vous. Béni soit l'empereur qui a bien voulu ne pas repousser ma demande et assurer une telle mère et un pareil asile à mon enfant! Et cependant, j'ai fort peur de la pleurer bien des fois, quand elle ne sera plus à mes côtés, lorsque je me verrai sevré de ses caresses et de son amour. C'était ma seule consolation dans mes rudes travaux; c'était le sourire de mes lèvres, la lumière de mes yeux, la félicité de mon cœur. Que deviendrai-je, quand je ne l'aurai plus?

— Dieu ne vous la reprend un instant que pour vous la rendre bientôt plus belle, plus pure et plus digne de votre noble et généreux dévouement.

— Ah! puisse-t-il en être ainsi, et je l'en bénirai lui et mon empereur!

Pendant ce temps, Annunciata n'avait cessé de pleurer en pensant à la cruelle séparation qui allait l'enlever à l'amour de son père adoptif. Mais celui-ci, la prenant dans ses bras et la couvrant de ses baisers, lui dit d'une voix émue :

— Adieu, mon enfant, et puisse faire le Ciel que notre séparation ne dure pas trop longtemps. Prie le Seigneur de me rendre bientôt tes caresses et ton amour. Mais en attendant, mérite la protection du Ciel par une conduite pleine de sagesse, d'application et de glorieuse abnégation de toi-même au bien-être de tes compagnes. Obéis à tes maîtresses, comme tu le ferais à moi-même et à Dieu qu'elles représentent. Ne m'oublie jamais dans tes prières; je ne cesserai plus de penser à toi, et, si je meurs, ma dernière parole après celle que j'exhalerai pour mon empereur, sera consacrée à ma bien-aimée Anunciata.

— Merci, cher père, répondit Anunciata que ses sanglots suffoquaient. Elle ne put en dire davantage; mais pressant le cou du sergent dans ses bras, et laissant retomber sa belle tête sur son épaule, elle le serra longtemps contre son cœur et répandit un torrent de larmes. La surintendante put seule l'arracher à ces douloureuses étreintes, et le vieux militaire, essuyant les pleurs dont ses joues étaient inondées, s'éloigna sans regarder derrière lui de crainte de sentir son cœur faiblir de douleur. Deux jours après, il était sur la route de Moscou, s'avançant vers cette Russie qui devait dévorer tant d'enfants de la France.

Restée seule à Ecouen, Anunciata fut pendant plusieurs jours en proie aux plus mortelles inquiétudes. Peu à peu les paroles de son père adoptif, qui l'avait engagée à se montrer digne de ce qu'il avait fait pour elle, ranimèrent son courage et la portèrent à s'adonner avec ardeur à tout ce qui pouvait la rendre plus parfaite et meilleure.

La jeune orpheline avait reçu de la nature les dons les plus précieux. Elle possédait cette beauté noble et digne qui inspire le respect, et en même temps cette grâce ravissante qui charme et captive tous les cœurs. Intelligente et bonne, elle sut plaire à ses maîtresses qui la comblaient de soins et de prévenances. Aimante et modeste, elle se fit des amies de ses compagnes par son enjouement et sa douceur. Tout le monde l'aimait d'autant plus qu'elle se dévouait généreusement à toutes les personnes qui réclamaient ses services et qu'elle n'était avide que de faire le bien. Dans les sciences, dans les arts d'agréments, dans la confection de ces gracieux ouvrages que les femmes inventent avec tant d'art et de goût, Anunciata n'avait point d'égale. Mais tous ses succès ne servaient qu'à lui faire apprécier plus vivement l'absence de son père adoptif, que ses progrès eussent enivré d'une si douce félicité et pour lequel elle ne cessait d'adresser chaque jour au Ciel les vœux les plus ardents. Mais, hélas! qu'était-il devenu? Il y avait si longtemps que la jeune fille n'avait pas reçu de ses nouvelles! Et puis, des bruits sinistres commençaient à se faire entendre, racontant que toute la grande armée avait été ensevelie sous les neiges de la Russie. Ces nouvelles faisaient frémir la pauvre orpheline.

IV

Un jour Anunciata reçut la lettre suivante, datée d'un petit village des environs de Dijon :

« Chère enfant,

» Si jamais vous m'avez aimé, si la reconnaissance que vous m'avez témoignée était sincère, le moment de me le prouver est enfin venu. Placée à Ecouen par l'empereur, vous ne pouvez y recevoir les mêmes bienfaits de la part de ses ennemis. Que nos espérances tombent donc avec lui. Venez rejoindre votre père adoptif; partagez sa dure pauvreté ; nous ne saurions nous plaindre de notre obscure infortune en présence de l'éclatante proscription du maître du monde, relégué à l'île d'Elbe.

» Votre père affectionné,

» RENESSE. »

Anunciata partit aussitôt. Lorsqu'elle arriva, elle trouva le vieux soldat entouré de plusieurs personnes qui s'empressaient autour de lui, tandis qu'un médecin lui pratiquait une large saignée. Fortement impressionné par le grand spectacle qu'il venait d'avoir sous les yeux, le digne militaire n'avait pu contempler la chute de l'empire sans que toutes ses facultés en fussent surexcitées. Rien ne venant le distraire de ses noires préoccupations, son imagination avait travaillé sur tous les événements dont il avait été le témoin et l'acteur, et bientôt un coup d'apoplexie foudroyante s'en était suivi. Ce fut en ce moment que la jeune fille pénétra dans l'humble maisonnette que ce loyal soldat s'était choisie pour lieu de retraite.

Mais quelle plume pourrait dépeindre la douleur d'Anunciata en présence de ce désolant spectacle ? Tombant aux pieds de son père adoptif, elle embrassait ses genoux, ses mains, son visage, sa chevelure vénérable blanchie dans cette rude expédition où tant d'autres avaient succombé; c'était un aspect déchirant à contempler que celui de cette pauvre jeune fille pâle, échevelée, les yeux hagards, le désespoir sur tous ses traits, accablant de caresses, couvrant de ses larmes le pauvre vieillard, qui ne donnait plus aucun signe de vie, le rappelant à l'existence avec ces paroles qui déchirent l'ame de ceux qui les entendent. Après plus d'une heure de lugubre léthargie, le sergent ouvrit les yeux, mais, hélas! le regard souriant qu'il promena autour de lui, son impuissance à reconnaître les personnes qui l'entouraient, ne firent que trop bien comprendre la terrible affliction dont le Ciel venait de frapper sa noble intelligence. Quand le médecin fut sur le point de se retirer, Anunciata recouvrant tout à coup ses forces et sa présence d'esprit, s'approcha de l'homme de l'art, et lui dit en tremblant :

— Monsieur, je vous en conjure, dites-moi franchement ce que vous pensez de mon pauvre père.

— Hélas ! répondit le médecin, en jetant un regard d'indicible pitié sur la pauvre jeune fille, je crains bien qu'il ne puisse vous reconnaître de longtemps. Ce sera un doux enfant, cherchez à le distraire; évitez-lui la fatigue et la solitude, et, peut-être, avec le temps, vous pourrez faire revivre en lui le flambeau de l'intelligence que le malheur vient d'étouffer. Adieu, mademoiselle, priez le Seigneur, et peut-être vous rendra-t-il le cœur de celui que vous pleurez, car il est bien meilleur médecin que nous ne le sommes, ajouta-t-il en souriant.

Anunciata, le cœur brisé, revint près du pauvre malade, dont elle allait devenir la garde, la consolation, l'amie, l'unique protectrice qui lui restât dans ce monde. Pas un seul instant la sublime jeune fille ne faillit à la tâche qu'elle s'était imposée à l'égard de celui qui avait tant fait pour elle. Jour et nuit auprès de son père, elle le soigna avec tout le tendre dévouement d'une mère pleine de vigilance et de tendresse. Elle lui souriait à travers ses larmes, le promenait dans la campagne, lui cueillait des fleurs dont la vue semblait lui plaire, lui chantait les chansons dont l'harmonie paraissait le toucher, et, comme un enfant, le vieillard suivait tous les ordres que lui donnait le doux ange qui ne cessait de veiller sur lui. Quand il la voyait l'embrasser en pleurant, il lui souriait comme pour lui rendre l'espérance, mais lui-même il ne pleurait plus. Il n'était bien que quand Anunciata se trouvait à ses côtés; alors tout lui convenait également; mais, dès que la jeune fille s'éloignait, il devenait inquiet et tout lui était insupportable.

La maladie du pauvre vieillard dura plusieurs années. Pendant ce temps, Napoléon reparut en France pour y lutter encore contre son implacable destinée, mais bientôt il alla s'éteindre, comme un astre brillant, sur le rocher de Sainte-Hélène. Ces étranges vicissitudes dans un si grand homme agissaient vivement sur l'esprit de la jeune fille. Mais en mûrissant plus rapidement son intelligence, elles ne faisaient que lui inspirer un plus vif attachement pour son père adoptif. Durant les premiers temps, le peu d'argent que le soldat avait rapporté de ses expéditions, permit à sa gardienne de lui donner mille douceurs devenues presque nécessaires dans sa triste situation. Mais peu à peu, cette unique ressource s'étant épuisée, Anunciata ne vit plus devant elle qu'un avenir effrayant; cependant, son cœur ne faiblit point. Elle résolut de braver la misère par un travail de toutes les heures du jour et de la nuit. Ses connaissances en littérature, en broderie, en peinture, en musique, elle employa tout pour conjurer la faim. Elle travaillait et donnait des leçons. Un petit jardin, attenant à la maison de son père adoptif, avait été paré par elle avec un goût plein de grâce. C'était là qu'elle réunissait ses jeunes élèves quand il faisait beau. Le vieillard paraissait l'écouter avec un religieux recueillement, et jamais il ne proférait une parole. Tout le monde, connaissant le dévouement d'Anunciata, s'empressait de concourir au soulagement de cette pauvre famille avec la plus généreuse et la plus parfaite délicatesse. Tant de dévouement, d'abnégation, de fatigues, avaient concilié à la jeune fille l'estime et la vénération générale : les mères la montraient à leurs filles comme le plus beau modèle qu'elles pussent imiter, et les jeunes gens eussent désiré avoir une pareille femme pour épouse; mais elle avait toujours repoussé tous les prétendants pour se consacrer uniquement à son vieux père qu'un époux n'aurait peut-être pas traité avec tous les égards qui lui paraissaient dus.

Enfin, Dieu sembla vouloir bénir tant de générosité et de nobles sacrifices. Un matin que, comme de coutume, elle était allée faire ses petites provisions au village, elle fut frappée à son retour du changement qui s'était opéré dans le malade. Le vieillard, la tête entre ses mains, avait les yeux fixés sur une jolie petite guirlande de fleurs peintes, qui entrelaçait le nom d'Anunciata avec celui de son père adoptif. En voyant revenir la jeune fille, il leva tout à coup les yeux sur elle, et parut un instant vouloir la dévorer du regard. Puis de grosses larmes coulèrent de ses yeux; il étendit les bras, et, d'une voix altérée, il s'écria :

— Anunciata! ma chère Anunciata!

La jeune fille s'élança dans les bras du vieillard, qui s'évanouit, ivre de bonheur et de joie. Un instant, la malheureuse jeune fille le crut mort, et poussa des cris déchirants. Ses jeunes élèves accoururent; on s'empresse autour du pauvre insensé, mais rien ne peut le rappeler à la vie. Après plus de deux heures de léthargie, un médecin, qu'on avait été chercher à Dijon, arriva tout en nage. Dès qu'il eut aperçu le malade, il consola la pauvre jeune fille, en lui disant que cette crise allait peut-être lui rendre son père avec son intelligence et son cœur. A ces mots, la jeune fille ne put retenir l'élan de sa reconnaissance, et s'élança au cou du médecin qu'elle embrassa dans le premier transport de sa félicité. Celui-ci était un bon vieillard aux cheveux blancs. Il parut profondément touché de ce généreux entraînement qui lui révélait toute la générosité d'une belle ame.

Cependant, le vieux soldat, bientôt ranimé par les cordiaux du médecin, se leva sur son séant et, promenant autour de lui un regard effaré :

— Ma fille ! s'écria-t-il, où est ma fille? Je l'ai vue, je l'ai vue?

— La voici, répondit Anunciata en le serrant sur son cœur. Alors, toute la salle ne retentit plus que de leurs sanglots, de leurs cris d'amour et de tendresse; on eût dit que le vieux guerrier voulait recouvrer en un instant tout le temps qu'il avait perdu en ne pouvant plus aimer sa fille. Le médecin qui craignait qu'une émotion trop prolongée ne devînt funeste à son malade, pria la jeune fille de s'arracher pour un instant aux trop brûlantes étreintes de son bien-aimé père.

— Comment, tu me quittes déjà, ma fille chérie? s'écria le vieillard.

— Non, père, je ne te quitterai jamais, répondit l'ange en collant ses lèvres sur la main du vieillard, qu'elle serra ensuite avec amour sur son cœur.

— Oh ! reste comme te voilà; que je puisse ainsi te contempler longtemps, murmura le vieillard. Mais que tu es devenue belle et grande depuis que nous nous sommes quittés, ô ma chère Anunciata !

— Anunciata ! murmura le médecin; ainsi, mademoiselle, votre nom est Anunciata ?

— Comment mon nom peut-il éveiller à ce point votre surprise et votre étonnement ?

— Oh ! je vous en prie, mademoiselle, ne refusez pas de répondre à mes questions. Etes-vous bien la fille de ce pauvre soldat, et ne seriez-vous pas plutôt celle d'un malheureux exilé espagnol qui périt dans les flammes de l'hôpital de Dijon, mais dont un brave militaire sauva l'unique enfant ?

Un torrent de larmes fut la seule réponse de la jeune fille. Bientôt toute son histoire fut connue du médecin. Il pria la jeune fille de lui remettre jusqu'au lendemain la médaille qu'elle portait toujours au cou, et sur laquelle était gravé son nom avec ce texte : *Deus angelis suis mandavit de te.*

— Je ne m'explique pas, dit-il en sortant, mais espérez tout de la Providence.

Anunciata ne pouvait se rendre compte de cette singulière conduite; mais elle était si heureuse de voir son père adoptif renaître à la raison et au bonheur, qu'elle ne pouvait concevoir une félicité plus grande.

Dès le lendemain cependant, le médecin revint avec un étranger qui paraissait espagnol. A l'aspect de la jeune orpheline, un grand cri s'échappa de son sein, et il alla tomber dans les bras de la jeune fille qui le serra avec tendresse sur son cœur, sans se rendre compte de ce qu'elle faisait. Mais l'étranger l'accablait de ses caresses et s'écriait dans son ravissement :

— C'est elle ! c'est elle ! maintenant je n'en puis plus douter. Voilà bien le regard fier et doux, les longs et brillants cheveux noirs, la taille svelte et gracieuse, les traits accentués et ravissants de ma sœur chérie ! Oh ! oui je ne saurais me tromper, vous êtes ma nièce !

Ce fut alors au tour d'Anunciata de s'abandonner à tout l'élan de son cœur généreux et tout débordant d'amour. Sa voix vint encore ajouter une nouvelle preuve à toutes celles que possédait l'étranger, et le confirma dans la douce idée que l'erreur était désormais impossible.

— Cependant, ajouta-t-il, vous devez posséder un papier qui, m'a-t-on dit, doit achever de porter la lumière dans cette affaire.

Aussitôt Anunciata alla chercher la lettre que son père avait écrite pendant l'épidémie, dans la crainte qu'il ne vînt à périr sans avoir pu assurer un sort à sa fille. L'étranger l'ouvrit en tremblant, la parcourut d'un œil avide, puis d'une voix forte : — Plus de doute, s'écria-t-il, vous êtes la fille de ma malheureuse sœur, celle que je cherche depuis si longtemps sans avoir pu la retrouver, et désormais vous pouvez reprendre le titre de comtesse Del Monte qu'elle vous a laissé.

— Merci, mon très-honoré et bien cher oncle ! Maintenant, permettez-moi de vous présenter celui qui m'a sauvée, soutenue, et auquel je dois la vie, l'instruction et tout ce que je suis.

— Qu'il soit le bienvenu, ma chère nièce, nous n'oublierons pas le service important qu'il nous a rendu, et une pension honorable...

— Oh ! ce n'est pas ainsi que je l'entends. Pour un cœur comme le sien, l'argent n'est rien, ma tendresse est tout, et c'est bien mon amour, mes soins et mon dévouement que je veux lui consacrer jusqu'à mon dernier soupir. Je serais la plus coupable des filles, si maintenant je ne faisais pas pour lui ce qu'il a fait pour moi.

— Je rends justice à la bonté de votre cœur, ma nièce, mais je vous ferai observer que le rang où vous êtes appelée, dans le monde brillant où vous devez paraître...

— N'achevez pas, car ce rang, cette fortune, cet éclat, je les sacrifierais plutôt que d'abandonner mon père, et de payer par mon ingratitude les soins qu'il n'a cessé de me prodiguer. Il ne m'a pas demandé si j'étais riche ou pauvre, lui ! Il m'a sauvée, il s'est assujetti à mille privations pour moi, il m'a comblée d'amour, il a développé mon intelligence et mon cœur, et parce que je puis le rendre heureux, je l'abandonnerais ! Ah ! jamais ! Quand j'étais faible, il m'a soutenue; quand j'étais pauvre, il m'a nourrie; et maintenant que c'est lui qui est faible et pauvre, moi qui suis puissante et riche, je lui jetterais une aumône et je me croirais quitte envers lui ? Non ! cela ne saurait être. J'ai lu quelque part ces remarquables paroles : *Noblesse oblige !* Puisque vous m'apportez cette noblesse, je ne veux point être infidèle à ce qu'exige sa devise.

— Chère nièce, je ne puis plus qu'applaudir à des sentiments aussi honorables, et je vous laisse libre d'agir selon votre volonté.

Pendant tout ce dialogue, le pauvre soldat, qui avait parfaitement recouvré la raison, répandait des larmes d'admiration ; mais quand il vit la manière dont il se terminait, son ame généreuse et noble ne voulut pas se montrer moins grande que celle de sa fille chérie. Se levant donc sur son séant, il s'écria avec solennité :

— Pardon, mademoiselle, je ne puis, à mon tour, accepter tant de dévouement et de générosité. Désormais, il me suffira de vous savoir heureuse pour jouir moi-même du sentiment de la plus pure félicité. Je serais au désespoir d'être un obstacle à votre bonheur. Seulement, puisque vous êtes si bonne, permettez-moi d'aller quelquefois vous présenter mes hommages quand vous serez seule. Alors nous pourrons encore parler de ces temps si heureux pour moi, où la misère et le malheur nous rendaient égaux, où vous me combliez de félicités par votre douce tendresse, où tous deux nous étions si heureux de nous aimer et de nous le dire. Après ces conversations, je me retirerai content et satisfait de vous avoir vue, et d'avoir pu baiser cette main qui, si longtemps, a pris soin du pauvre malade.

— Ah ! c'est sur les deux joues que mon père m'embrassera toujours ! s'écria Anunciata en s'élançant dans ses bras. Ne voyez-vous pas, père, que vos prières en détruisent tout l'effet. Vous ne pourriez pas plus être heureux sans moi, que moi sans vous. Restons donc unis jusqu'à la mort, et soyez toujours mon père, comme je serai toujours votre fille.

A quelques années de là, on célébrait un brillant mariage à Madrid. Tout ce que la noblesse a de plus distingué y avait été invité. Les hommes les plus illustres, les écrivains les plus célèbres, les artistes les plus remarquables s'y étaient rendus. Le luxe y étalait tout ce qu'il y a de plus brillant et les dames de la plus grande distinction en faisaient le plus bel ornement. Mais la jeune épouse les effaçait toutes en grâce, en charme, et surtout par sa modestie; c'était Anunciata. Tout le monde admirait sa candeur que rehaussait encore la beauté de sa gracieuse et riche parure. Mais ce qui étonnait le plus, c'était de voir tout auprès d'elle un beau vieillard vêtu avec une extrême simplicité et qui paraissait un peu gêné au milieu de ce monde brillant. La belle mariée ne cessait de lui donner le doux nom de père et la place d'honneur lui était réservée. Quand il paraissait tout à coup s'intimider au milieu de cette foule toute chamarée de cordons et d'épaulettes, le doux regard de sa fille et son sourire gracieux l'encourageaient. Il reçut sans troubles les compliments qu'après la cérémonie tous les assistants vinrent lui adresser. C'était le sergent Renesse.

Les grandeurs, les plaisirs et les honneurs ne surent jamais changer le cœur d'Anunciata. C'était un charmant spectacle que celui de cette jeune femme, s'appuyant, devant tout le monde, sur le bras de son protecteur et lui prodiguant, partout à la promenade, dans les grands salons, les soins affectueux d'une fille tendre et dévouée. C'est ainsi que la reconnaissance, cette douce mémoire du cœur, donnait un nouveau charme à la jeunesse, à la beauté, à la grandeur, à la fortune, à tout ce qui plaisait ou éblouissait dans la vertueuse et sublime Anunciata.

DON BERNARD.

I

L'orphelin.

Le couvre-feu venait de sonner. Frère Pandolphe et frère Jean achevaient de vérouiller la porte du couvent des Feuillants, dans le diocèse de Rieux. Comme ils poussaient le dernier verrou, il leur sembla entendre une espèce de vagissement, tandis qu'un bruit de pas de chevaux s'éloignait avec la rapidité de l'ouragan.

— Frère Jean, d'où peut venir tout ce bruit? Mais écoutez donc! Ne dirait-on pas des cris d'enfants, qui s'élèvent de la rue sur l'aile froide de la brise du soir?

— Allons donc, frère Pandolphe, comment voudriez-vous qu'un enfant puisse se trouver à cette heure, par une telle nuit, au milieu des rues? C'est une chimère de votre imagination.

Il achevait à peine ces paroles, que des cris faibles et doux comme ceux d'une petite fille qui vient de naître, arrivèrent de nouveau jusqu'aux oreilles des bons religieux. Cette fois, il n'y avait point à s'y méprendre ; ces plaintes, semblables à celles d'une ame en peine, que le vent emporterait dans ses tourbillons, étaient bien réellement celles d'un être humain. Les deux religieux se sentirent émus, et, ouvrant la porte, ils promenèrent autour d'eux des regards effarés, comme s'ils avaient eu peur d'entrevoir quelque apparition surnaturelle. La nuit était trop sombre pour qu'on pût distinguer parfaitement à quelques pas devant soi : mais les cris de l'enfant s'étant renouvelés, dolents, plaintifs et tristes à fendre le cœur, les deux moines se dirigèrent du côté d'où ils provenaient, et bientôt ils entrevirent quelque chose de blanc qui s'agitait faiblement dans l'ombre. S'étant penchés vers cet objet, les religieux purent alors apercevoir avec étonnement un enfant attaché à un oreiller. Ils l'enlevèrent précipitamment et se hâtèrent de rentrer dans le couvent, car les bruits terribles qu'on avait entendus un instant auparavant, se renouvelèrent plus violents et plus formidables.

Les cris affreux : aux assassins ! aux assassins ! retentirent bientôt lugubres et sinistres dans toute la ville de Rieux, qui fut en un instant sur pied. Cependant cet éveil soudain ne fit que jeter la terreur et la consternation dans tout l'endroit; le tumulte devint général; une indicible émotion remplit tous les cœurs ; mais on ne savait à quel motif l'attribuer, car les victimes qui venaient d'invoquer un secours trop tardif avaient disparu, aussi bien que leurs agresseurs. Tout ce qui resta de cette panique générale fut le petit enfant que frère Pandolphe avait recueilli au milieu des rues.

La richesse des langes, les dentelles qui les bordaient, les brillants ornements qui paraient les petites mains de l'enfant, la gentillesse mignonne de cette délicate et fragile créature, tout dans sa précieuse trouvaille était si beau, si riche, si charmant à voir, que frère Pandolphe en conclut que l'enfant devait appartenir à quelque noble famille des environs. Pendant qu'il traversait les corridors, accompagné de frère Jean, pour le porter au supérieur, tous les moines que le bruit avait tenus en émoi et que les cris de l'enfant attiraient maintenant hors de leurs cellules, se réunirent à lui, et le cortége se trouva nombreux lorsqu'on arriva à la porte de l'abbé.

C'était en ce moment le fameux Jean de la Barrière qui gouvernait cette maison. Il travaillait à cette heure à un de ces magnifiques sermons qui le rendirent plus tard si célèbre. Lorsqu'il aperçut quelle espèce de présent venait lui offrir frère Pandolphe, il ne put s'empêcher de sourire. Mais quand il remarqua la manière gauche et embarrassée dont le moine tenait la pauvre petite créature sur son oreiller, un franc éclat de rire s'échappa de ses lèvres et fut bientôt imité par tous les religieux. Le bon frère rougit jusqu'au blanc des yeux; il cherchait à se débarrasser du pauvre petit orphelin qu'on lui laissait dans les bras, lorsque celui-ci poussa tout à coup des cris déchirants. Frère Pandolphe trembla de lui avoir fait mal, et, oubliant aussitôt toute fausse honte, il le serra avec amour sur sa poitrine; mais loin de l'apaiser, il ne fit que provoquer des cris encore plus douloureux. L'abbé s'effrayant à son tour, s'élança vers le bon frère, prit l'enfant et le déposa sur ses genoux.

— Qu'il est beau ! s'écria-t-il dans un premier moment d'extase. Où donc, cher frère, êtes-vous allé chercher ce cher petit ange du bon Dieu ?

Frère Pandolphe, charmé de cet éloge, se mit alors à raconter comment il avait recueilli la plaintive créature. Dès qu'il eut fini, c'était à qui des moines se presserait pour la contempler de plus près. Chacun faisait ses remarques, selon le sens des émotions qu'il éprouvait. Les uns étaient ravis de son joli minois, d'autres de la richesse de ses langes, ceux-ci se sentaient touchés de l'air mélancolique et doux du nouveau venu, ceux-là de ses cris de douleur et d'angoisse. Chacun s'empressait de chercher à le soulager. On le couvre de baisers et de caresses ; on lui adresse les plus touchantes paroles ; on lui présente de la nourriture qu'il refuse, divers breuvages auxquels il ne veut pas toucher. L'abbé, ayant alors remarqué quelques gouttes de sang sur les langes qui l'enveloppaient, jugea d'après les récits de frère Pandolphe, qu'il pourrait bien être tombé des bras de sa nourrice ou de sa mère pendant l'ardeur d'une course précipitée. Il le fit donc déshabiller à la hâte, et chacun s'aperçut bientôt que le pauvre petit avait une jambe cassée. On le porta aussitôt à l'infirmier qui, un peu plus habile que ces bons moines, lui remit la jambe tant bien que mal, sucra un peu de vin chaud qu'il lui fit avaler, et puis, comme la souffreteuse créature fermait les yeux et semblait vouloir s'endormir, chacun songea à la retraite, car il pouvait être minuit. Je vous laisse à penser si ces bons moines rêvèrent du petit frère que le bon Dieu venait de leur envoyer d'une si singulière manière ! Tous le revirent en songe ; les uns riaient d'une façon quelque peu narquoise en pensant à la bizarre paternité du frère Pandolphe ; d'autres s'imaginaient couvrir le cher ange de caresses et de baisers ; tous l'aimaient déjà comme les lévites chérissaient le petit Samuel, qui cependant devait être un jour le faiseur de rois.

II

Le petit Feuillant.

Comme on n'avait trouvé sur l'enfant aucun signe, aucun indice, qui pût faire connaître son nom ou celui de ses parents, on l'appela Bernard, nom du saint du jour où il entra au couvent ; c'était le 20 août de l'année 1563.

Le supérieur examina ensuite chacune des pièces des langes dont il était enveloppé, dans l'espoir d'y rencontrer au moins quelques marques qui pût mettre sur la voie d'actives recherches. Le linge était de la plus grande beauté ; les dentelles qui bordaient l'oreiller avaient été ouvrées avec le talent le plus merveilleux ; mais aucun chiffre, aucune marque quelconque ne pouvait seulement faire soupçonner si cet enfant appartenait à un grand seigneur ou à un riche bourgeois. Quant à l'enfant lui-même, après avoir exploré son corps chétif et malade, l'abbé finit par remarquer une espèce de fraise, un peu au-dessous du coude du bras droit. N'ayant pu découvrir aucune autre trace de reconnaissance, il ordonna de serrer soigneusement tous les effets et d'en prendre le plus grand soin.

A partir de ce jour, l'infirmier consacra tous ses soins à son charmant protégé avec un dévouement tout paternel. Il crut même pouvoir affirmer que jamais il ne se ressentirait de sa chute, grâce à la manière habile avec laquelle il lui avait remis la jambe. Il est bien vrai que frère Pandolphe lui fit plusieurs fois remarquer que, par suite de la manière dont elle avait été remise, elle se trouvait légèrement courbée et conséquemment beaucoup plus courte que l'autre. Mais l'infirmier, un peu blessé de ces observations, répondait : « Laissez-le donc grandir et vous verrez sa jambe grandir avec lui. » A quoi le bon frère aurait pu répondre, si cela lui fût venu à la pensée, que les deux jambes grandissant ensemble, il y en aurait toujours une qui serait un peu plus courte que l'autre, mais le bon moine, plus habitué à dire ses heures et à louer Dieu qu'à voir remettre des jambes brisées aux petits enfants, n'y pensa pas, et l'infirmier fut tout fier de lui avoir fermé la bouche par un argument qui lui paraissait irréfutable.

Malheureusement, sa logique était d'un empirique, et, quand le petit Bernard commença à sautiller à travers les cloîtres, on fut tout stupéfait de le voir aller boitant de la jambe qui avait été si parfaitement remise. Le bon moine demanda bien pardon à Dieu de son orgueil, et résolut en retour, pour expier et sa faute et sa maladresse, de consacrer tous ses soins et tout son dévouement à la chère petite créature qu'il avait estropiée de la sorte.

L'enfant grandit donc au pied des saints autels, sous l'aile des séraphins du sanctuaire et entouré de l'amour et de la tendresse de tous les moines qui l'avaient adopté en promettant de l'élever en chrétien.

Plusieurs années se passèrent sans qu'on apprît rien de nouveau sur le petit Feuillant, ce qui étonnait beaucoup tout le monde ; car, d'après le luxe des vêtements qui le couvraient, on pouvait supposer que quelqu'un viendrait le réclamer. Mais personne ne se présenta, et le pauvre orphelin grandit loin des baisers maternels, à l'ombre et dans le silence du cloître.

Toujours cependant il resta petit et chétif de corps, mais son esprit semblait croître aux dépens de son organisation physique. Son intelligence décela bientôt une surprenante aptitude à tous les exercices de la pensée. Il apprenait avec une merveilleuse facilité ce qui eût été de nature à effrayer des esprits déjà profondément cultivés. A dix ans, il parlait sans embarras huit langues étrangères. Les sciences les plus ardues n'étaient qu'un jeu pour cette belle et facile organisation. Il pénétrait avec une merveilleuse perspicacité les doctrines les plus relevées sur les mystères de la religion. Mais ce qu'il affectionnait surtout, c'était l'histoire des divers peuples dont les coutumes, les croyances et les mœurs variées étonnaient et élargissaient son intelligence, en lui fournissant les moyens d'apprécier à leur juste valeur les hommes, les convictions, et les événements.

Aussi n'y avait-il rien de plus intéressant à voir que cet enfant merveilleux, déjà brillant de toute la gloire du génie à l'époque où tant d'autres commencent à peine à penser. Son grand front pâle et mat décelait toute la beauté de son ame ardente et de sa vive imagination. Son regard était tantôt triste et mélancolique, tantôt brillant et fascinateur, selon les sentiments qui l'agitaient. Une épaisse chevelure tombait en boucles sur ses épaules et encadrait un de ces visages expressifs que l'on n'oublie jamais après les avoir vus. Tout dans ce petit être, si frêle et si beau, si triste et si pétulant, si frivole et si instruit, annonçait une de ces organisations privilégiées que le ciel n'envoie à la terre que de siècle en siècle, et qui sont susceptibles des plus grands égarements comme des plus sublimes vertus.

Aussi les frères étaient-ils souvent inquiets en pensant à la voie que prendrait leur petit protégé. Tout en lui les effrayait ou les rassurait tour à tour. Une chose cependant les contrariait plus que toutes les autres. Tandis que ces bons religieux s'efforçaient de faire de lui un serviteur humble, doux et paisible du Dieu qui se fit homme pour enseigner sur la terre la douceur, la charité et la bonté, l'enfant sentait se développer en lui je ne sais quelle fierté, quelle ténacité hautaine et martiale que ni prières, ni jeûnes, ni pénitences ne pouvaient dompter. Souvent les bons moines en pleuraient de chagrin, et demandaient à Dieu de changer cet esprit revêche en un caractère calme et paisible; mais aucun d'eux ne remarquait qu'à côté de cette fierté se dévoilait je ne sais quel autre sentiment de modestie et d'humilité qui aurait dû les rassurer. Autant le petit Feuillant était implacable contre l'injustice, l'orgueil, la violence de ceux qui, étant au-dessus de lui, prétendaient l'assujettir aux caprices arbitraires de leur volonté, autant il était obligeant, serviable, plein d'aménité et de dévouement envers ceux qui étaient au-dessous de lui ou qui n'employaient que les voies de la raison et de la justice pour le déterminer. Pour les petits, sa charité était déjà inépuisable. Il visitait les pauvres, les affligés, les malades : il les soignait de ses propres mains, et son cœur trouvait pour eux des consolations et des encouragements d'une douceur ineffable. Mais se trouvait-il en face d'un grand qui avait l'air de le dédaigner, ou qui tyrannisait la faiblesse par quelque moyen que ce fût, aussitôt son œil flamboyait, son cœur battait plus fort, sa main se crispait, et des paroles redoutables sortaient comme un tonnerre de sa faible et débile poitrine.

Ce qu'il y avait de plus extraordinaire en lui n'était cependant pas cet étrange contraste entre les sentiments dont il était animé. Depuis plusieurs années, on remarquait encore au fond de son ame une espèce d'amère tristesse qui, s'accroissant de jour en jour, paraissait être arrivée à sa plus haute intensité. L'enfant n'aimait que les lieux solitaires : sa cellule, l'église, les grands bois, les vallées silencieuses et les tombeaux. Souvent on le surprenait contemplant la nue fugitive, regardant les flots du ruisseau qui coulaient à ses pieds, priant et pleurant sur les tombes abandonnées. En vain cherchait-on à pénétrer le sentiment dont son cœur était rongé, personne n'y était parvenu. Mais quand il rencontrait de tout petits enfants, il les embrassait avec amour; quand il apercevait un père ou une mère se promener avec leur fille ou leur fils, il pleurait encore; lorsque des frères et des sœurs se jouaient dans les campagnes, et que son grand œil, chargé de larmes, venait à les rencontrer, ses sanglots redoublaient. Peut-être le pauvre enfant ne s'expliquait-il pas très-bien la nature des sentiments que ces spectacles réveillaient en lui; mais un physiologiste aurait pu le lui dire tout de suite : l'infortuné était orphelin! Oh! combien les baisers d'une mère, les caresses d'une sœur, les encouragements d'un père, lui eussent paru ineffables et doux ! Mais, hélas! jamais le doux sourire des auteurs de ses jours n'avait fait rayonner sur son berceau la douceur et la vie, et, au fond de son cloître, entouré de ses bienfaiteurs qu'elle aimait tendrement, cette ame ardente et sensible se sentait cependant seule sur la terre.

III

Le dévouement.

Or, c'était la fête de saint Bernard, le dixième anniversaire de notre petit Feuillant à l'abbaye. Le mois d'août laissait tomber ses rayons d'or sur la terre couverte de moissons jaunissantes et de fruits parfumés. Bernard, accompagné d'un frère servant, était allé visiter un malheureux bûcheron, qui s'était cassé la jambe en travaillant dans la forêt. Après lui avoir prodigué tous ses soins, le jeune moine résolut de profiter de la fraîcheur du soir pour faire une promenade avant son retour au couvent. Ils prirent donc un long détour, et se mirent à admirer la beauté des merveilles que le Créateur avait épanchées de ses mains puissantes. L'aspect des beaux paysages, des vastes horizons, du ciel bleu, du calme des champs, des oiseaux sautillant et chantant sous la feuillée, faisait toujours sur le jeune homme, comme sur toutes les intelligences supérieures, une profonde et douce impression, qui peu à peu le portait à la rêverie et à la tristesse. La petitesse de l'homme, la splendeur de ses destinées, le peu de soins que mettent tant de gens à les acquérir, envahissaient alors son ame tout entière et la remplissaient d'une amertume indéfinissable sur la folie de nos préoccupations tumultueuses et insensées, et d'un zèle brûlant qui le portait à se dévouer généreusement au salut de ses frères. Mais ce jour-là, son cœur était en outre travaillé par je ne sais quel sentiment indéfinissable qui venait encore s'accroître de l'énergie de tous les autres. Il pensa au jour de sa naissance, dont il célébrait l'anniversaire. Le souvenir des immenses travaux réalisés par l'héroïque prédicateur de la seconde croisade vint remplir sa pensée et son imagination, qu'il embrasa de feux dévorants. Il se sentait emporté par une ardeur irrésistible à tenter de grandes choses; puis, tout à coup, ses sentiments s'attendrirent, il pensa à sa mère, cette mère qu'il n'avait point connue et pour une caresse de laquelle il eût volontiers donné tout le reste de ses jours. Sous le jong de la profonde émotion qui le subjuguait, levant vers les cieux ses mains et ses yeux mouillés de larmes, il s'écria dans le transport d'une sainte inspiration : « Dieu du ciel, maître des destinées, si tu me rends ma mère, je consacrerai ma vie entière et toutes mes facultés à la réforme de l'Eglise et à la propagation de ta doctrine ! »

A peine avait-il achevé ces paroles, qu'on vit tout à coup s'élever dans le lointain un immense nuage de poussière qui s'approchait avec la rapidité d'un ouragan.

— C'est un orage terrible, dit le frère servant, et il se mit à courir pour regagner au plus vite l'abbaye, qui n'était plus qu'à une faible distance du lieu où ils se trouvaient. De gros nuages, vomissant des éclairs éblouissants, parcouraient en effet les cieux comme d'immenses lambeaux, depuis que le soleil était descendu sous l'horizon. Cependant, le jeune moine, toujours avide d'émotions fortes et profondes, ne bougea pas et se mit à contempler la nue et le tourbillon de poussière qui s'avançait toujours avec plus de rapidité. Bientôt, il entendit des pas de cheval et put se convaincre qu'il n'était pas soulevé par le vent, car on ne sentait pas le moindre souffle dans les airs qu'embrasait une chaleur étouffante. Soudain, les cris de détresse d'une pauvre femme qu'emportait le coursier fougueux, dont les éclairs et le bruit du tonnerre redoublaient encore la frayeur, arrivèrent encore jusqu'à lui. Sans songer au péril qu'il ose affronter, l'intrépide enfant s'élance avec la vélocité d'une flèche à la rencontre du cheval, le saisit par le mors avec une ardeur fiévreuse, et, se cramponnant à son poitrail, le force à s'arrêter subitement. Le cheval frémissant, furieux, se dresse en bondissant sur ses jarrets, jette la dame qui le montait sur le gazon, renverse Bernard d'un autre côté, puis reprend avec un nouvel emportement sa course ardente, vertigineuse, effrénée.

Bien qu'un peu étourdis de leur chute, la dame et l'enfant n'étaient point blessés. Se relevant en même temps, ils se regardent et ressentent tous deux je ne sais quelle sympathie l'un pour l'autre. La dame était toute vêtue de noir; une coiffe de veuve encadrait son visage long et pâle : on n'aurait pu dire au juste si elle était jeune ou vieille, tant les chagrins avaient laissé de traces sur ses traits, qui jadis peut-être avaient pu être d'une éclatante beauté. Sa taille était petite, ses membres amaigris, mais son œil noir brillait comme l'éclair, et tout son visage décelait une femme d'une rare intelligence et d'une sensibilité plus rare encore. A l'aspect de son libérateur si faible, si chétif, qui s'avançait vers elle en boitant légèrement, elle éprouva un indéfinissable sentiment d'inquiétude qui la fit tressaillir de tous ses membres, et, d'une voix altérée, elle s'écria :

— O mon Dieu! mon Dieu! vous vous êtes fait mal après avoir failli vous faire tuer pour moi!

— C'est une infirmité d'enfance, répondit l'enfant en souriant. Tranquillisez-vous donc, noble dame, je n'ai fait que mon devoir.

— Votre devoir?

— Sans doute, puisque vous couriez à une mort certaine.

— Noble enfant! s'écria l'étrangère en s'avançant vers le petit moine, qu'elle combla de caresses, et de marques d'attendrissement.

— Oh! que votre amitié me fait de bien, fit à son tour le jeune enfant, en l'embrassant avec respect. Voilà donc comme ma mère m'aurait aimé.

— Que dis-tu? ta mère pourrait-elle ne pas aimer un fils tel que toi? Ah! si Dieu m'avait donné un pareil enfant, avec quelle tendresse toute mon ame ne l'eût-elle pas chéri!

— Hélas! j'ai perdu mes parents presqu'au moment de ma naissance. Jusqu'à cette heure, je n'ai connu ni l'affection, ni la tendresse, ni les doux épanchements d'une mère ou d'un père, d'un frère ou d'une sœur, et cependant je les eus tant aimés!

— Oh! alors, cher fils, cher sauveur, tu deviendras mon enfant;

je suis riche et puissante ; je te donnerai tous mes biens, et ta tendresse me fera aussi oublier le fils que j'ai perdu.

— Quoi ! vous avez perdu votre enfant ? Ah ! vous avez dû être bien malheureuse !

— Oh ! bien malheureuse ! mais n'est-ce pas, enfant, que tu me feras oublier tous mes chagrins ?

Le jeune moine ne répondit pas, mais il serra plus étroitement la main de la dame.

Cependant l'orage menaçait d'éclater d'instant en instant. Bernard, tremblant que celle qu'il appelait déjà sa mère n'en éprouvât les funestes atteintes, lui dit : « Madame, votre pâleur, vos traits altérés, votre respiration languissante, tout me prouve que vous êtes depuis longtemps souffrante. Nous ne sommes pas loin du couvent des Feuillants, où nos frères se feront un bonheur de vous offrir l'hospitalité. Mais je suis étonné de ne point voir arriver vos gens !

— Mes gens se bornent à un vieux serviteur qui est tombé malade, ce qui me retient depuis trois jours dans une mauvaise hôtellerie, à trois lieues de Rieux. Je suis partie ce matin, ne voulant faire qu'une petite promenade. Malheureusement, l'orage ayant effrayé mon cheval, cette excursion m'aurait coûté la vie sans votre dévouement. »

Le jeune moine trouvait un charme inexprimable dans la voix si douce et si pénétrante de l'étrangère. Il serait demeuré des heures entières suspendu à ses lèvres, dans l'extase du ravissement, si elle eût continué à parler. Chaque fois qu'elle se taisait, il en ressentait comme un serrement de cœur. Il la pria donc de s'appuyer sur lui pour s'aider à marcher, et tous deux, épanchant leur ame dans le sein l'un de l'autre avec une expansion pleine de délices, arrivèrent ainsi au couvent. Comme Bernard frappait à la porte, frère Jean qui l'avait attendu jusqu'alors avec une fiévreuse impatience, se hâta de venir lui ouvrir. Il allait lui adresser quelques reproches, lorsque le petit Feuillant le prévint en lui disant :

— Allez vite prier notre père supérieur de se rendre en toute hâte au parloir, car cette dame qui est d'une grande naissance, désire lui parler.

Frère Jean obéit ; quelque temps après, le père abbé parut. L'étrangère se nomma. C'était la veuve du comte de Percin, ancienne et noble famille de Gascogne. Elle venait de quitter son château de Montgaillard, situé sur les bords de la Garonne, pour se rendre à Paris, où l'appelait un procès, dont dépendait toute sa fortune. « Cet endroit m'est fatal, ajouta-t-elle, après avoir raconté sa chute de cheval ; il y a dix ans, à pareille époque, mon mari et mon fils y furent assassinés. Dieu me permit cependant d'emporter avec moi le corps de mon mari, mais celui de mon enfant ne put jamais être retrouvé.

— Pardon, madame, si, en vous parlant de cet enfant, je vais renouveler vos douleurs, dit le supérieur, pendant que Bernard était sorti afin d'aller faire préparer du vin chaud pour la femme étrangère vers laquelle se portait déjà tout son cœur. Mais êtes- vous bien sûre que votre enfant ait été assassiné?

— Hélas! monsieur, je n'en suis que trop sûre, puisqu'il était placé sur le cheval de la nourrice dont nous avons retrouvé le cadavre au sortir de Rieux, près de celui de mon mari. Il est vrai que l'enfant n'y était plus. J'en devins folle de douleur, et depuis quelque temps seulement j'ai recouvré la raison. J'avais d'abord pensé, comme vous, que l'enfant pouvait peut-être avoir été enlevé par les bandits : mais alors à quoi bon d'inutiles perquisitions? Il est pour moi plus qu'assassiné, le pauvre cher innocent.

— Quel âge avait-il?

— Six mois.

— Ne possédait-il pas quelque marque sur le corps qui pût servir de signe de reconnaissance?

— Il n'avait qu'une tache rouge sur le coude.

— Pardon encore, madame, mais n'aurait-il pas pu se faire que dans la précipitation de la fuite, la nourrice l'eût laissé tomber avant d'être immolée par les assassins?

— Alors, monsieur, il se serait tué dans sa chute.

— Et s'il ne s'était pas tué, si l'oreiller dans lequel il était enveloppé l'avait préservé d'une mort presque certaine?

— Vous savez donc qu'il était enveloppé dans un oreiller? s'écria la pauvre mère en se levant dans une agitation fébrile. Ah! je vous en supplie, ne me montrez pas un coin du ciel pour me replonger dans toutes les horreurs d'une maternité déçue. Vous savez ce qu'est devenu mon enfant, vous le savez! O grâce! grâce! épargnez-moi de plus longues angoisses. Est-il mort? Vit-il encore? Où est-il? Que fait-il? O mon Dieu, que je le voie une minute, une seule minute, et que je meure! »

Et l'infortunée s'était agenouillée devant le prêtre. Joignant les mains, levant vers lui ses yeux pleins de larmes, tremblant de tous ses membres, elle attendait la vie ou la mort des paroles qui allaient sortir des lèvres de l'abbé. Celui-ci, qui tremblait de la tuer par la nouvelle d'un bonheur trop soudain, se contenta de répondre :

— Madame, espérons tout de la bonté de Dieu, en vous préparant à souffrir l'horrible supplice d'une désillusion pareille à la vôtre, si jamais je me trompais.

— Ah! je le sens, monsieur l'abbé, si jamais il en était ainsi, pour moi ce serait la mort.

— Alors, espérez! espérez! Reconnaîtriez-vous les langes qui enveloppaient votre enfant, si on pouvait vous les représenter?

— Oh! monsieur, ils sont là présents au fond de mon cœur, comme si aujourd'hui était le jour où je l'en enveloppai pour la dernière fois.

L'abbé se dirigea aussitôt vers une armoire qu'il ouvrit, et en tira une corbeille soigneusement recouverte. A peine eut-il enlevé l'étoffe qui dérobait aux regards son contenu, que la pauvre mère poussa un grand cri, se jeta sur ces précieux langes et les couvrit de larmes et de baisers. Elle les serrait sur son cœur dans l'extase du délire, elle leur adressait de folles paroles de tendresse, puis tout à coup, revenant de son égarement :

— Mon fils, mon cher fils, où est mon fils? s'écria-t-elle d'une voix haletante, suffoquée. Mon père, ne prolongez pas davantage mon supplice, j'en mourrais.

— L'enfant n'est pas mort, dit alors le père abbé, il vit; il est petit et maigre; sous une chétive apparence, il cache une intelligence de génie et un cœur de feu. S'étant cassé une jambe en tombant des bras de sa nourrice sur le pavé de la rue, il en est resté un peu boiteux.

En ce moment, le petit Feuillant rentrant au parloir, annonça que tout allait être prêt. La comtesse le contempla un instant d'un regard étrange qui enveloppa comme d'un torrent de lumière le pauvre orphelin. Puis, ouvrant les bras, elle s'élança vers lui, le serra dans une étreinte convulsive, le couvrit de mille baisers, de mille caresses brûlantes et passionnées, puis s'évanouit dans cette suprême étreinte, en s'écriant :

— Mon fils! mon cher fils! je suis ta mère, ta véritable mère!

L'enfant jeta un coup d'œil sur les langes qu'elle froissait encore dans ses mains, en les pressant sur ses lèvres, et, poussant a son tour un cri terrible. il tomba aux genoux de sa mère qui s'était affaissée dans un grand fauteuil. Il lui baisait les mains, poussait des cris déchirants, invoquait Dieu et les Saints, la couvrait de ses larmes, et ne pouvait se rassurer, quand le frère abbé lui protestait qu'elle n'était qu'évanouie. Il faisait tous ses efforts pour la rappeler à la vie. Bientôt, le jeune moine la vit en effet, entr'ouvrir les paupières. Alors ce furent des folies, des extravagances de bonheur et de joie. Il sautait autour de la comtesse, riait, chantait, pleurait, priait, la couvrait de mille folles caresses et de mille baisers, qui épouvantaient l'abbé en lui faisant croire qu'il était devenu fou. Tout à coup, un léger son s'échappa des lèvres de la mère : — Mon fils, disait-elle.

— Mère, me voici, répondit l'enfant en se précipitant dans ses bras, et la serrant sur son cœur.

Alors ce furent entre ces deux êtres, une joie, un bonheur, un enivrement, une félicité qu'il faut renoncer à dépeindre. On eût dit que la mère et l'enfant voulaient récupérer en un instant tout le temps qu'ils avaient mis à ne pas s'aimer. Pendant les premiers jours qui suivirent cette reconnaissance, ils ne pouvaient plus se quitter. La comtesse, dévorant son fils de ses regards, s'écriait :

— Comment donc ai-je pu ne pas te reconnaître tout d'abord ? Voilà le front de ton père, son œil intelligent et vif, sa lèvre altière et son sourire plein de bonté.

Et, dans son ivresse, elle eût voulu le manger de caresses.

Au bout d'un mois que la comtesse passa dans un hôtel de Rieux, elle résolut d'amener son fils avec elle au château de Montgaillard. Mais l'enfant se souvenant du vœu qu'il avait fait, ne douta pas qu'il ne dût à un miracle d'avoir recouvré sa mère. Il résolut d'être fidèle à sa promesse. D'ailleurs, il se plaisait bien au couvent où il achevait les fortes études que lui faisait faire le supérieur ; il aimait le silence et le travail, les pieux exercices, et tous ceux qui l'avaient soigné dans son enfance, et désirait ne pas en être séparé. Sa mère comprit les sentiments de son fils, et accéda à ses volontés. Elle retourna à Montgaillard pour y arranger ses affaires, et revenir vivre près de ce fils, perdu si malheureusement et retrouvé si merveilleusement. Mais le bonheur avait été trop grand pour sa nature mortelle, elle mourut avant d'avoir pu le revoir. Cette nouvelle fut un coup de foudre pour le pauvre Bernard, qui résolut dès lors de se consacrer entièrement à l'accomplissement du vœu qu'il avait fait à Dieu, pour l'amour de cette bonne mère qu'il n'espérait plus revoir que dans le ciel.

MATHILDE.

I

Gilbert, jeune et brillant cavalier des bords de la Tamise, avait été placé par Beaudoin dans une forteresse située à l'extrême frontière du royaume de Jérusalem. De là, le bouillant guerrier faisait de fréquentes excursions sur les terres des Musulmans, qu'épouvantait le seul bruit de son nom. Une fois que le jeune seigneur était sorti avec son brave écuyer Richard, pour aller au loin explorer la marche des ennemis, le soir les surprit dans leur excursion, et leurs pas s'égarèrent dans les ténèbres de la nuit. Longtemps ils errèrent au hasard. Quand parut l'aurore, ils aperçurent devant eux, dans une riante vallée, la magnifique ville de Damas. Ses riches et populeuses habitations brillaient, comme des rubis, sous les rayons du soleil. Tout autour se déroulaient de verts pâturages, des campagnes fleuries, arrosées de sources jaillissantes, et des touffes de palmiers, qui entretenaient en ces lieux une délicieuse fraîcheur. Des chevaux arabes aux couleurs variées, ondulant çà et là dans la plaine, remplissaient l'air de leurs hennissements. On voyait aussi, de tous côtés, de petites chamelles avec leur mère, des chameaux d'une étonnante beauté, des esclaves innombrables. La bénédiction du ciel semblait être descendue sur ce pays. Le chevalier admirait l'incomparable magnificence et la végétation luxuriante dont Dieu l'embellissait. Jamais plus belle vallée n'avait enchanté ses regards. Il s'extasiait devant la profusion des arbres et des fruits, des palmiers, des jardins délicieux étalés devant lui, des ruisseaux murmurants au bord desquels des fleurs riantes exhalaient une odeur de musc. Des milliers d'oiseaux chantaient sur les arbres et célébraient la gloire du Créateur.

Tout à coup une troupe de jeunes esclaves s'avancèrent dans leur direction, chassant devant eux un troupeau de chamelles d'une beauté sans égal. Pleins de confiance, ces serviteurs insouciants jouaient et conversaient sans remarquer ce qui se passait autour d'eux.

— Richard, dit le chevalier, voici une occasion de montrer à ces chiens de Musulmans ce que peut le bras d'un chrétien. Quand ces esclaves auront descendu la colline, cours dans cette direction, coupe-leur le chemin des habitations, et peut-être pourrons-nous leur ravir ce beau troupeau avant que leurs cris n'aient donné l'éveil aux conducteurs de la vallée ?

L'écuyer fit tout ce que son maître lui avait commandé, et Gilbert, poussant son cheval au milieu des chamelles, s'écria d'une voix éclatante :

— Malheur à vous, fils de Satan, si vous poussez un seul cri ! Chassez ce troupeau devant moi, ou je teindrai mon sabre dans votre sang.

Les esclaves, en entendant ces paroles, bouillonnèrent de fureur et s'apprêtèrent à tomber sur l'audacieux chrétien ; mais, à l'aspect de sa stature de héros, ils furent frappés de stupeur et son regard foudroyant les pétrifia. Cependant, le chef des esclaves, plus robuste et plus fort que les autres, leur cria d'une voix terrible :

— Malheur à vous, si vous hésitez ; mort et malédiction sur votre tête, si vous ne courez à lui et ne l'anéantissez !

Et lui-même s'élança sur le guerrier, qui, d'un seul coup de lance, l'étendit raide mort sur le gazon. Lorsque les esclaves virent la terrible action de ce chrétien redoutable, lorsqu'ils entendirent retentir sur leur tête la terreur de son nom, la frayeur s'empara d'eux et ils poussèrent les chamelles devant lui, épouvantés de la rougeur de ses yeux. Mais les cris avaient retenti jusque dans la plaine ; un tumulte épouvantable se fit entendre jusqu'aux portes de Damas, et bientôt une troupe de guerriers se mit à la poursuite des ravisseurs. Gilbert ne fut pas longtemps sans apercevoir un tourbillon de poussière, soulevé par la course ardente des soldats, dont les cris s'élevaient jusqu'aux nues. C'étaient des guerriers sarrasins. Leurs sabres et leurs lances étincelaient au soleil. Ils se précipitèrent vers les guerriers chrétiens, criant tous à la fois :

— Misérables voleurs, comment échapperez-vous à la vengeance du Prophète ?

Les deux Anglais, se retournant sur eux comme des lions, désaltérèrent leur épée dans le sang des infidèles. Leurs coups faisaient d'horribles vides ; mais les fils de Mahomet se succédaient continuellement au fur et à mesure que les chrétiens les étendaient dans la poussière. Ceux-ci combattaient avec une bravoure qui frappait les regards de stupeur et jetait l'épouvante dans les esprits. Quand ils poussaient un cri, les infidèles reculaient et les chevaux fuyaient. Mais, accablés sous le double poids de la fatigue et du nombre, ils finirent par tomber la face contre terre. Ils furent saisis à l'instant et conduits, honteux, humiliés et abattus, devant le prince Cozaïde. A leur aspect, ce dernier fut frappé de la haute stature, de l'air terrible et de la beauté des deux prisonniers. Il ordonna de les charger de fers et de les surveiller de près, car il voulait les conduire lui-même au Sultan, dans l'espoir de recevoir, en échange d'une telle capture, de riches présents et un surcroît de réputation.

II

Bonne et vertueuse était Abla, la fille bien-aimée du prince Cozaïde. Dès qu'elle apprit le retour de son père, bravant les lois du pays, elle recouvre d'un voile l'éclat de ses attraits, et, plus légère qu'un oiseau, elle s'élance sur un coursier arabe pour voler à la rencontre de l'auteur de ses jours.

Les sourcils de Cozaïde se rembrunirent comme la nuit à l'aspect de sa fille. Ni les excuses de l'enfant, ni ses caresses, ni les douces paroles qui tombaient de ses lèvres, plus suaves que le miel, ne pouvaient fléchir la terrible colère du musulman. Sa fureur étincelait dans ses yeux, et la noble jeune fille pleurait silencieuse, redoutant un châtiment terrible. Les chevaliers chrétiens en voyant couler ses larmes sentaient la colère brûler le sang dans leurs veines. Mais, hélas! que pouvaient-ils pour l'infortunée? Leurs bras étaient enchaînés. Silencieux, ils dévoraient leur indignation et méprisaient les fils maudits du conducteur de chameaux.

Tout à coup un cri formidable retentit dans toute la bande des guerriers. Dans la vallée venait d'apparaître un de ces terribles lions, sorti des déserts de Caffan, et dont le nom seul faisait frémir les plus superbes courages. Nulle gloire n'égalait celle d'avoir tué un de ces farouches et indomptables animaux. Celui-ci suivait les traces des guerriers dont il avait entendu les cris. A son approche, les cœurs des cavaliers frémirent, les chevaux ployèrent sur leurs jarrets et reculèrent dans la plaine. Abla, ayant demandé la cause de cet effroi, un guerrier répondit :

— Princesse, un lion terrible s'élance vers nous. Voyez là-bas dans la vallée, ce roi de la solitude! Il dépasse la grandeur d'un taureau, et sa course est plus rapide que le vent meurtrier du désert.

A la vue du terrible animal, le prince fait ranger ses guerriers. Mais l'horrible bête, bondissant sur les lances qui s'émoussent sur son corps, fait un horrible carnage des soldats. Le prince lui-même fut blessé dans cette lutte désespérée, et le lion se rassasiait de carnage. Déjà tous les soldats fuyaient ce champ de bataille; personne n'osait plus se mesurer avec le monstre indomptable qui, culbutant les rangs serrés des ennemis, s'élançait vers la jeune fille. Alors Cozaïde, d'une voix terrible, s'écria :

— Ma fille à qui veut la sauver !

Gilbert bondit devant le prince que sa blessure jetait dans un horrible désespoir.

— Seigneur, s'écrie le héros, j'ai fait ma gloire du choc des lances, des coups de l'épée, de la patience sur un champ de bataille. Je fus le médecin du royaume de Jérusalem lorsqu'il était malade, son protecteur quand il était abattu, son défenseur quand il fut attaqué, et son héros lorsqu'il put s'enorgueillir de sa gloire ! Laisse-moi sauver ta fille, brise ces liens ; si je triomphe du monstre, pour tout salaire, je te demande la liberté.

Cozaïde, ému, brisa ses liens. Saisissant alors son épée, Gilbert s'avance vers le lion, qui pousse, à son approche, un rugissement effroyable. Il allait s'élancer sur la jeune fille, quand le héros se précipita entre elle et lui. Jamais on n'avait vu plus effroyable bête. Ses naseaux étaient évasés, ses griffes longues et meurtrières, sa face large et horrible à voir. Il s'ébranlait d'une marche agitée et, quand il voyait autour de lui chevaux et cavaliers, il rugissait, frappait la terre avec sa patte, se battait les flancs et roulait ses prunelles sanglantes dans les orbites. Lorsqu'il vit le héros venir à lui, il tressaillit, se baissa sur la terre pour prendre son élan, s'allongea, la crinière hérissée, les yeux rouges de rage, et, se ramassant jusqu'à moitié du corps, il bondit sur le chrétien qui osait le braver. Mais Gilbert, comme la foudre quand elle descend du ciel, s'élance en poussant un cri plus effrayant encore que celui du lion, lève le bras, et d'un coup de sa terrible épée, fend le crâne de l'animal. Gilbert essuya son épée sur la peau du lion, les spectateurs avaient frémi et pâli d'effroi. Abla voulut se précipiter aux pieds de son sauveur pour le remercier, mais son père la retint. Il fit de nouveau recouvrir de chaînes les mains de la vaillance trahie, et ordonna que Gilbert fût précipité dans un cachot, car il ne voulait pas rendre aux chrétiens un défenseur aussi terrible et aussi vaillant.

III

Cette conduite barbare avait éveillé chez la jeune fille un inexprimable sentiment de compassion et de reconnaissance pour le vaillant chevalier qui lui avait sauvé la vie. Des larmes amères inondèrent ses joues à la vue de la cruauté de son père, et plusieurs fois elle osa même intercéder en faveur du malheureux prisonnier, mais chaque fois ses supplications furent repoussées avec une impitoyable barbarie. La jeune fille rentrait alors dans ses appartements, le cœur brisé de douleur. Elle se le représentait au fond de son cachot, couché sur un lit de paille, n'ayant pour toute nourriture qu'un peu de pain et une cruche d'eau, et gémissant de voir couvertes de fers ses mains vaillantes. Alors son noble cœur s'indignait de ces iniques traitements, et bien des fois elle chercha le moyen de délivrer le vaillant prisonnier en reconnaissance des jours qu'il lui avait conservés. Mais pour le faire, elle sentait le besoin de se concerter avec lui et de raffermir son courage ébranlé, en lui laissant entrevoir la possibilité d'une évasion.

Elle n'eut pas beaucoup de peine à mettre dans ses intérêts un vieux serviteur qui l'avait vue naître et qui l'aimait tendrement. Guidée par le vieillard, elle osa braver la mort qui l'attendait, peut-être, si elle était découverte, et descendit dans la prison où gémissaient Gilbert et son fidèle écuyer. Un tremblement indicible agita le noble guerrier au moment où elle pénétra dans la prison. Dès qu'elle aperçut le chevalier, elle tomba à ses pieds, saisit ses mains couvertes de chaînes et les porta à ses lèvres. Elle le remercia de lui avoir sauvé la vie, avec un accent d'émotion si vraie, que le héros en fut tout ému. Immobile, silencieux, il contemplait la jeune fille que la reconnaissance venait de faire tomber à ses pieds, et de grosses larmes coulaient le long de ses joues bronzées sur le champ de bataille par le soleil d'Orient. Enfin, il s'écria :

— O mon Dieu, sois béni de m'avoir ménagé cette consolation au milieu de mes tourments !

— Au nom du saint Prophète, n'invoque pas ce Dieu qui n'a pu te protéger, s'écria la jeune fille; mais reconnais la mission de l'envoyé du Dieu d'Abraham pour convertir les peuples à l'Islam, et bientôt, je te le jure, tu verras tomber tes chaînes et tu seras plus honoré que les princes de ton pays !

— Renier mon Dieu ! s'écria le chevalier, oh ! si vous connaissiez ma religion, vous pleureriez jusqu'à votre dernier soupir le conseil que votre ignorance vient de me donner. O mon Dieu ! loin de vous renier, je suis prêt à endurer tous les supplices les plus atroces et la mort la plus cruelle pour proclamer la gloire de votre nom !

— Pardonne à une pauvre fille qui ne connaît pas ton culte, reprit Abla ; je te le jure par le Prophète, je n'ai voulu que te sauver, et c'est pour cela seul que je suis descendue dans ce cachot. Ah ! j'ai contracté envers toi une dette de reconnaissance que je voudrais pouvoir acquitter au prix de mes jours.

— Puisse le Ciel bénir une aussi sainte résolution! Puisse-t-il, en retour, éclairer votre pauvre ame aveuglée par l'erreur! Mais, non, une ame si pure ne saurait être faite pour mourir dans l'erreur! O noble et généreuse enfant, s'il est vrai que vous soyez disposée à sacrifier votre vie pour me prouver votre reconnaissance, faites plus encore : daignez m'écouter, daignez entendre celui qui vous a sauvé la vie du corps vous parler de la seule religion qui puisse aussi vous sauver la vie de l'ame, et je serai mille fois trop heureux d'avoir converti une intelligence au Christ, au prix de ma vie et de mon sang!

Ces paroles, ce cachot, les deux serviteurs qui pleuraient, l'enthousiasme du chevalier, tout contribuait à faire sur la jeune fille la plus forte impression. Elle promit au chevalier tout ce qu'il put désirer. Bientôt son ame, altérée de la soif de la vérité, fut ravie de l'entendre exposer les mystères de la foi chrétienne, et la vérité pénétrait doucement jusqu'au fond de son cœur qu'elle embrasait de l'amour divin. Un jour qu'ils venaient de terminer un de ces saints entretiens, Abla s'écria tout à coup :

— Gilbert, ta religion me paraît sainte et divine. Les vertus qu'elle commande et que chaque jour je te vois mettre en pratique, sont si admirables, que je suis résolue d'abandonner ma religion et de me faire chrétienne, si tu peux me promettre un asile dans ton pays. Je suis décidée à quitter mes parents, le palais de mon père, mes biens, mon pays, pour servir Jésus-Christ. Mais, comme je ne connais pas d'autre chrétien que toi, jure-moi, du moins, que, si je t'arrache de prison, tu me permetteras de fuir avec toi et de te servir jusqu'à mon dernier soupir, comme la plus humble de tes esclaves.

— Mon esclave? Dieu du ciel! s'écria Gilbert, en laissant tomber un crucifix qu'il ramassa et qu'il présenta à la jeune fille. Ah! je vous le jure sur ce Christ, si je ne vous parais pas trop indigne, jamais vous n'aurez trouvé d'époux plus fidèle, plus dévoué, que moi!

— Moi, ton épouse? s'écria la jeune fille.

— Grand Dieu, et vous, anges du Seigneur qui m'écoutez, dit Gilbert, je jure de prendre votre servante pour épouse, de l'aimer comme le Christ n'a jamais cessé d'aimer son Eglise, de la respecter comme le temple vivant de l'Esprit-Saint, de lui dévouer ma vie et de l'aider, jusqu'à mon dernier soupir, à poursuivre ses immortelles destinées!

Comme il achevait ces mots, Abla poussa un cri terrible et retira sa main que retenait le chevalier. Un bras farouche venait de s'appesantir sur son épaule et la pressait de son étreinte de fer. Devant les spectateurs confondus, le prince Cozaïde se tenait immobile, debout, le regard enflammé, et l'aspect semblable à celui de l'ange maudit, arrachant au ciel une créature de Dieu pour l'entraîner dans les éternels abîmes. D'un seul coup d'épée, il fendit le crâne au vieillard qui roula à ses pieds en confessant le nom du Christ. Il annonça à sa fille que, dès le lendemain, il la conduirait à un chef de tribu qu'elle devait épouser, et qu'à son retour, le chevalier et son écuyer seraient impitoyablement empalés.

IV

Une magnifique caravane s'avançait au milieu du désert qui se déroule en dunes immenses entre Damas et Palmyre. Le prince Cozaïde ouvrait la marche. A ses côtés, montée sur une superbe chamelle, s'avançait sous son voile la jeune Abla. Des larmes inondaient ses joues; mais aucune plainte ne s'échappait de ses lèvres, car elle tremblait d'éveiller le courroux de son père! Ne l'avait-il pas menacée de la tuer, si elle lui adressait encore la moindre supplication? La pauvre enfant, frappée d'une terreur inexprimable, ne savait plus que lever vers le ciel des regards qui imploraient du Dieu des chrétiens un secours sans lequel elle allait périr. Le Ciel entendit ses vœux muets, et le souffle de Dieu descendit sur le désert pour soustraire la colombe à la gueule du serpent.

Insensiblement la chaleur devenait suffocante. Le sable se soulevait sous les rayons brûlants du soleil, et commençait à tournoyer. Aussitôt on vit la pâleur de la mort se répandre sur tous les visages, car c'était le présage d'une tempête effroyable. Déjà l'horizon avait perdu sa limpidité. On n'apercevait autour de soi que des plaines mouvantes, parsemées de quelques nopals, et qui allaient se confondre au loin avec le ciel dont l'azur s'était soudainement changé en une teinte grisâtre ou couleur de sang. Bientôt d'immenses spirales déroulèrent leurs anneaux brûlants. Elles enlevaient jusqu'aux nues le sol mouvant. Un cri terrible, inarticulé, s'échappa de toutes les poitrines. Les chameaux, qui, jusqu'alors, avaient donné des signes d'une effrayante inquiétude, se mettent à fuir dans la direction du Nord, avec la rapidité d'une flèche. Mais l'ouragan, plus rapide que les coursiers du désert, s'élance derrière eux, soulevant des montagnes de sable dévorant. Toute la caravane est dans une horrible confusion. Les cris des animaux se mêlent aux cris des hommes; mais nulle puissance mortelle ne saurait être d'aucun secours dans ce moment terrible. La jeune princesse appelle en vain à son secours; personne ne lui répond plus. Emportée dans la direction du Nord, elle recommande son ame à Dieu et s'abandonne aux décrets de la Providence. Soudain sa chamelle s'arrête et enfonce dans le sable ses naseaux fumants. Abla, étourdie par la violence de la tempête, est précipitée de sa monture et demeure la face contre terre comme si elle eût été anéantie. Ce fut là son salut. L'ouragan, après lui avoir passé sur le corps, se calma peu à peu. L'air devint frais et froid. Elle se ranima, rendit grâce à Dieu, se dirigea vers sa chamelle qui était restée à ses côtés, se rafraîchit avec le restant de liqueur renfermée dans les outres, puis chercha ce qu'était devenu le reste de la caravane; mais elle n'en put découvrir aucun vestige. Seulement, elle aperçut à quelque distance un cadavre : c'était le corps inanimé de son malheureux père. A cet aspect, la pauvre enfant oublia tout le mal qu'il lui avait fait, et ses sinistres desseins. Des larmes abondantes tombèrent de ses yeux. Elle pria pour l'auteur de ses jours et le recouvrit de sable brûlant pour le préserver de la rapacité des chacals et des vautours. C'était la seule sépulture qu'elle pouvait lui donner en ces lieux. Après s'être abandonnée à toutes les marques de la plus profonde douleur, elle remonta sur sa chamelle, la dirigea vers l'Ouest, et, au bout de deux jours, elle aperçut les dômes des palais de Damas, où elle pénétra sans avoir été reconnue.

Son premier soin fut de se rendre au fond du cachot de Gilbert pour lui rendre la liberté, mais il était vide. Elle apprit qu'ayant trouvé une occasion favorable, le chevalier était parvenu à briser ses chaînes, et s'était enfui avec son écuyer et plusieurs autres prisonniers. Abla pleura amèrement le départ de son sauveur. Se retirant dans le lieu le plus reculé du palais, elle pria le Dieu des chrétiens, lui redemandant sans cesse l'époux qu'elle avait perdu. Mais avec cette énergie que mettent les orientaux dans leur résolution, elle essuya tout à coup ses pleurs, comme indignes de sa grande ame et prit une décision suprême.

— Si mon époux a fui, c'est qu'il m'a crue perdue à jamais! Allons à sa recherche, et puisse le Dieu des chrétiens me bénir!

Se souvenant que Gilbert lui avait dit qu'il était de Londres en Angleterre, elle s'informa de quel côté se trouvait ce pays, prit secrètement toutes les mesures que lui conseillait la prudence, réunit une forte somme d'argent et se mit en route pour aller à la recherche de son époux. Ni les obstacles qu'elle avait à surmonter, ni les dangers et les fatigues du voyage, ne purent la rebuter ni ébranler sa résolution. Guidée par la Providence, elle traversa plusieurs royaumes sans accidents, trouva heureusement un vaisseau au port de Jaffa, et, après une périlleuse navigation, finit par aborder heureusement en Angleterre.

V

Cependant Abla parcourait toutes les rues de la ville de Londres, sans pouvoir se faire entendre. Comme elle était habillée à la façon des Musulmanes et qu'on ne pouvait comprendre son langage, on la prit pour une folle. Pendant plusieurs jours, la pauvre infortunée fut l'objet des insultes et des risées des enfants et de la plus vile populace. Les uns voulaient qu'on la brûlât vive comme une sorcière; d'autres assuraient que c'était une possédée du démon ; ceux-ci lui arrachaient les vêtements ; ceux-là la couvraient d'injures et lui crachaient au visage comme à une femme de malédiction. Il n'y eut point de tourments que la malheureuse n'endurât. Les femmes surtout paraissaient prendre un féroce plaisir à la tourmenter. Oh ! alors, quelle amère déception, quel bouleversement ne dut-il pas se faire dans toutes ses facultés? Et cependant, quand elle se rappelait toutes les vertus du chevalier, elle ne pouvait se faire à l'idée qu'elle avait été trompée. Elle avait cru découvrir en lui tant de vertus, de noblesse, de grandeur d'ame, que le doute même ne pouvait pénétrer jusqu'à son cœur.

Dieu, qui l'éprouvait, mit enfin un terme à tant de poignantes douleurs. L'écuyer de Gilbert, étant venu à passer par hasard au milieu de la place publique où elle endurait tant d'avanies, la reconnait tout à coup, et, tombant à ses genoux comme devant ceux d'une sainte, il explique à la foule ébahie le noble dévouement de cette femme incomparable. En un instant, les sentiments de fureur de cette multitude se changent en admiration. Des larmes coulent de tous les yeux. Des cris d'enthousiasme s'élèvent comme un tonnerre de cette foule immense. Pendant que la princesse témoigne à Richard tout le bonheur qu'elle éprouve de l'avoir retrouvé, on les entoure tous deux, on les enlève sur les épaules, et, au milieu des acclamations les plus bruyantes, on les transporte en triomphe jusqu'à la maison qu'habitait le chevalier digne d'une si sublime affection.

Lorsque Richard vint l'avertir de ce qui se passait, Gilbert ne pouvait croire ce qu'il entendait. Il lui était impossible de se persuader qu'une jeune princesse aussi délicate eût traversé tant de pays, supporté tant de fatigues, surmonté tant d'obstacles, enduré tant de souffrances. Mais, entraîné par Richard, il ne put refuser de croire au témoignage de ses sens, quand il aperçut sa fiancée au milieu de la foule ivre d'enthousiasme, qui accueillit son arrivée avec des transports inouïs. Mais Gilbert se hâta de la soustraire à cette étourdissante ovation.

La jeune princesse fut confiée aux mains des parentes du chevalier, qui l'entourèrent des soins les plus délicats, et achevèrent de l'instruire dans les pratiques de la religion du Christ. Bientôt elle put recevoir le baptême où elle reçut le doux nom de Mathilde, qu'elle ne devait pas tarder à sanctifier par les plus admirables vertus. Le même jour, Gilbert la prit pour épouse au pied des autels, et c'est de cette union que sortit saint Thomas de Cantorbéry, le plus zélé défenseur des droits de l'Eglise d'Angleterre contre les empiètements du pouvoir, le glorieux martyr des vertus sacerdotales, assassiné au pied des autels à l'instigation d'un roi pervers.

ÉDITH DE VINTIMIL.

C'était à Nantes, aux jours sinistres de la terreur. L'horrible Carrier venait d'inventer ces affreux bateaux à soupapes, au moyen desquels il pouvait ensevelir à la fois plusieurs centaines de victimes, dans les eaux du fleuve. Et pour que personne ne pût échapper, des mariniers, armés d'avirons, assommaient les personnes qui, sachant nager, s'efforçaient de gagner les rives à la nage. Vieillards, femmes, enfants, jeunes filles, tout était entassé pêle-mêle dans les barques fatales.

Or, il arriva qu'un soir M. de Varfeuil, déguisé en paysan, fut obligé de traverser les lieux où se faisaient ces effroyables exécutions. Combien de nobles demoiselles passèrent devant lui, tristes et pleurantes, pour se rendre au supplice! Que de braves et charmants jeunes hommes marchèrent à cette mort affreuse, oubliant leur malheur pour soutenir les pas chancelants de leur vieux père, que les privations du cachot avaient affaibli! Nombreux s'offrirent à ses regards les touchants exemples de tendresse et de dévouement qui émurent son cœur généreux et sensible. De grosses larmes roulaient dans ses yeux, mais il s'efforçait de les refouler au fond de son ame, car la pitié même était un crime digne de mort dans ces temps d'horrible mémoire.

Mais son émotion, en dépit de ses efforts, s'accrut encore, lorsqu'au nombre des victimes il aperçut tout à coup une jeune femme d'une ravissante beauté. Sa taille était frêle et délicate comme celle d'un beau lis bercé par une brise parfumée. Une effrayante pâleur, répandue sur tout son visage, révélait les souffrances atroces qu'elle endurait. De ses beaux yeux coulaient un torrent de larmes amères, et des gémissements s'échappaient de sa poitrine, qui s'abaissait et se soulevait tour à tour à chacun de ses sanglots. Elle tenait sur son cœur un tout petit enfant, enveloppé d'un mauvais morceau de laine et paraissant n'avoir reçu la vie que pour en connaître toutes les douleurs. Les yeux de la pauvre jeune mère étaient continuellement arrêtés sur la gentille et innocente créature qu'elle pressait avec tant d'amour et d'angoisses dans ses bras amaigris par de longues tortures. Elle n'apercevait rien de ce qui se passait autour d'elle; elle ne voyait ni le fleuve, ni les barques fatales, ni la foule qui l'entourait; son enfant seul préoccupait sa pensée saignante, son enfant qu'elle était elle-même obligée de porter à la mort !

Tout à coup M. de Varfeuil, dont l'âme avait été comme brisée à l'aspect de la pauvre mère, se souvient que, par une de ces contradictions du cœur humain, qu'on ne saurait expliquer ni comprendre, Carrier avait permis à chaque habitant d'arracher à la mort les enfants en bas âge. S'avançant aussitôt vers la malheureuse mère, au moment où elle allait mettre le pied dans la barque fatale, il lui tendit les bras, en lui disant à voix basse :

— Pauvre infortunée, donnez-moi votre enfant, j'en aurai autant de soin que si je lui avais donné la vie. Près de moi, il sera heureux et ne cessera de prier Dieu pour vous.

En entendant ces paroles, le premier mouvement de la jeune mère fut de presser encore plus fortement son enfant sur sa poitrine, comme si elle eût frémi à la seule pensée de s'en séparer pour toujours. Mais lorsque, levant la tête et parcourant d'un rapide coup d'œil la physionomie de l'inconnu, elle découvrit sur son visage l'air de dignité, de franchise et de bonté caractérisant la noble figure de l'homme généreux qui, les larmes aux yeux, lui tendait les bras, elle fut vaincue, et lui abandonna son précieux fardeau.

— Oh ! Monsieur, s'écria-t-elle, ayez-en bien soin, je vous en conjure, au nom de Dieu ! C'est l'unique enfant qui reste désormais d'une nombreuse famille, dont tous les membres sont morts sur l'échafaud. Mon Dieu ! je te bénis encore, même en mourant, ma petite Marie sera sauvée ...

Et se penchant une dernière fois sur sa fille, que l'étranger serrait avec amour dans ses bras, elle la couvrit de baisers déchirants, de larmes brûlantes. Puis elle jeta sur le sauveur de l'innocente créature un dernier regard, un de ces regards qui vont au cœur, qui expriment plus de reconnaissance que les discours les plus éloquents, et dont rien ne saurait faire comprendre l'inexprimable sympathie. Pas un mot ne sortit des lèvres de l'inconnu, que l'émotion suffoquait. Il regarda la jeune mère s'éloigner d'un pas défaillant et monter dans la barque, qui ne tarda pas à prendre le large. Debout à l'extrémité, les mains jointes, les yeux pleins de larmes, elle contemplait l'étranger, qui demeurait immobile en la suivant du regard avec une mortelle anxiété. Un détour du fleuve les déroba à la vue l'un de l'autre, et le sauveur de Marie regagna sa maison, le cœur navré de tout ce qu'il venait de voir.

Son amour pour l'enfant qu'il venait de sauver, s'était accru de tous les sentiments que lui avait fait éprouver la scène attendrissante qui l'avait si profondément remué. Il y a dans la vie des positions tellement extraordinaires, des situations qui nous impressionnent avec un tel degré d'énergie, qu'elles développent en peu d'instants des sentiments qui ne sont ordinairement que le résultat d'une sympathie continuellement entretenue. C'est ce qui venait d'arriver à M. de Varfeuil. Le danger qu'avait couru l'être faible qu'il venait de sauver et qu'il s'était chargé de protéger dans un moment si solennel; la vue de cette mère qui avait à peine eu le temps de peindre ce qu'elle éprouvait; la beauté, la douleur, les angoisses et le désespoir de cette femme infortunée; la grâce et la faiblesse de l'enfant; tout avait pour ainsi dire vieilli l'attachement qu'il éprouvait pour la douce créature qu'il chérissait déjà comme si elle était sa propre fille. Quand M. de Varfeuil rentra chez lui, il présenta l'enfant à son épouse en lui disant :

— Chère femme, voici une petite fille que le bon Dieu nous envoie. Il y a si longtemps que tu désirais en posséder une pour tenir compagnie à ton Arthur. Enfin le Ciel vient de t'exaucer. J'ai pris cette enfant dans les bras d'une pauvre mère qui n'est plus maintenant, car les flots l'ont engloutie. Je lui ai promis d'être le père de la petite orpheline. N'est-il pas vrai que tu m'aideras à tenir loyalement ma promesse?

Une larme d'admiration qui brilla sous la paupière de la noble épouse, fut la seule réponse de la comtesse. Prenant à la hâte la petite fille que son mari lui présentait :

— Qu'elle est belle et gentille, s'écria-t-elle, et comme je vais l'aimer!

Son mari tressaillit de bonheur en l'entendant parler ainsi, et baisa doucement au front sa tendre épouse qui pleurait à la vue de la langueur et de la faiblesse de la petite abandonnée. Elle avait l'air si souffrant, la pauvre petite, que l'atmosphère de la prison, le manque de nourriture, et le défaut de vêtements avaient lentement épuisée! C'est à peine si elle pouvait remuer ses faibles mains, blanches et jolies comme celles des chérubins. Et cependant elle souriait comme un petit ange à la douce protectrice qu'elle prenait pour sa mère. Celle-ci l'enveloppa de langes bien chauds, lui prépara de la nourriture, la combla de caresses maternelles et la couvrit d'affectueux baisers. La bonne comtesse riait et pleurait en même temps : elle riait en voyant sourire la pauvre enfant; elle pleurait en pensant à sa mère! C'est qu'elle aussi avait beaucoup souffert. Elle fit venir son fils, tout jeune encore, et lui fit embrasser celle qu'elle appelait sa sœur. L'enfant la trouva bien jolie, et promit de l'aimer beaucoup.

Quelques jours après, M. de Varfeuil partait pour l'Italie avec sa femme, son fils, et sa fille adoptive. Les deux enfants grandirent sous le beau ciel de Naples. Tous deux étaient également aimés de leurs parents qui, chaque jour, les comblaient de toutes les marques de la tendresse la plus vive, des plus intelligentes sollicitudes. Mais rien n'était comparable à la douce sympathie qu'ils avaient l'un pour l'autre. Arthur ne pouvait souffrir, sans que Marie ne partageât toutes ses peines. Marie n'éprouvait pas un chagrin qui ne fut ressenti par Arthur. L'un d'eux était-il en proie aux plus violentes douleurs, il suffisait de lui montrer l'autre pour le voir à l'instant dissimuler ses peines et se mettre à sourire de crainte de l'affliger.

— Sœur, disait un jour le jeune enfant à sa douce Marie, vois-tu cette grande montagne dont le ventre est plein de feu? eh bien! quand elle serait toute remplie d'or, je n'échangerais pas encore contre elle un seul de tes sourires.

— Et moi, répondait la charmante enfant, je ne donnerais pas un seul de tes baisers pour un diamant gros comme cette mer sans rivage qui se déroule à nos yeux.

Et tous deux, semblables à des fleurs charmantes, croissaient en grâce, en intelligence, en amour, sous les yeux de leurs parents, ravis de la tendresse qu'ils ressentaient l'un pour l'autre. Si Arthur trouvait de beaux coquillages, c'était pour en faire un collier à sa jeune sœur. Quand sa main avait cueilli les plus belles fleurs de la prairie, il venait les déposer en couronne sur le front de sa Marie avec un doux baiser. Marie obtenait-elle des cadeaux précieux ou quelques-unes de ces sucreries tant aimées des enfants, elle les conservait pour son frère, qui la forçait, malgré elle, d'en prendre la plus grosse part. Toujours ils étaient inséparables. Et si on leur demandait pourquoi tous deux s'aimaient si tendrement :

— Tous ceux qui ont été élevés ensemble peuvent-il donc ne pas s'aimer? répondait Marie. Voyez les oiseaux sortis du même nid, comme ils vivent sur les mêmes branches et s'égaient de leurs doux chants!

— Il est heureux pour nous, cher ami, que la mère de cette enfant ne puisse venir la réclamer, disait Mme de Varfeuil à son mari. Quelle douleur pour moi, si je devais jamais m'en séparer! Nous sommes si bien accoutumés à la regarder comme notre fille, et son jeune frère à l'aimer comme une sœur! Comme leur union est touchante et sans nuages. Ah! puissent-ils être toujours heureux de ce bonheur! Marie est venue comme une joie parmi nous; elle nous a donné tout ce qui nous manquait; c'est l'ange de la maison; c'est la rosée du ciel descendue sur nos cœurs épanouis.

Et son époux souriait, car lui aussi aimait chaque jour Marie davantage. Il ne pouvait plus se passer de ses caresses et de ses baisers. Quand elle entourait son cou de ses petits bras, quand elle lui baisait le front, les yeux, la bouche de ses lèvres vermeilles, quand elle folâtrait joyeuse et gaie comme un lutin aux pieds de l'exilé, alors il oubliait et l'exil, et sa douce patrie, et les lieux de sa naissance : son cœur n'était plus qu'un épanouissement.

Ainsi s'écoulèrent dix grandes années. Que d'événements s'étaient passés pendant cet espace de temps ! Les hommes qui avaient longtemps décimé la France, avaient à leur tour porté leur tête sur l'échafaud. Bonaparte venait de conquérir le trône au bout de son épée et de rappeler tous les proscrits. Le comte de Varfeuil sentit un jour un violent désir de revoir sa chère France. Il se retira dans une des terres qu'il possédait aux environs de Paris, et là, ne s'occupa plus que de l'éducation de ses deux enfants. Arthur fut mis à l'université. Le seul désir de plaire à celle qu'il continuait toujours à appeler sa sœur, quoiqu'il sût maintenant quel avait été le sort de la mère de Marie, lui fit obtenir les plus brillants succès.

Celle-ci était devenue une jeune fille de seize ans, simple et modeste. Un doux sourire errait continuellement sur ses lèvres, mais c'était un sourire de bonté, car une inexprimable mélancolie était peinte dans son regard long et profond. Son ame était encore plus belle que sa personne, car elle avait dignement répondu à la brillante éducation que le comte de Varfeuil lui avait fait donner. Elle écrivait à ravir, touchait du piano comme une artiste, savait confectionner les plus merveilleuses broderies, et connaissait tout ce qu'il n'est pas permis à une femme supérieure d'ignorer. Ses parents en étaient fiers et orgueilleux, les pauvres la bénissaient comme une bienfaitrice et comme une sainte.

Cependant Marie se laissait insensiblement gagner par sa profonde mélancolie. Une vague tristesse s'était emparée de son ame aimante et rêveuse. Souvent elle se faisait répéter par son père adoptif le récit de la mort de sa mère ; et, chaque fois, elle se mettait à verser des torrents de pleurs. Alors elle tombait dans les bras de Mme de Varfeuil qu'elle inondait de ses larmes et comblait de mille caresses affectueuses. La serrant avec affection dans ses bras, elle lui disait :

— Oh ! combien cette mère a dû m'aimer ! Dieu seul connaît de quel tendre amour je vous aime, ô ma seconde mère, mais il m'eut aussi été si doux de presser dans mes bras celle qui m'a donné le jour, de la voir sourire à mes caresses ou pleurer de bonheur et d'amour pour moi, comme vous le faites en ce moment, vous que j'aime comme la prunelle de mes yeux. Ah ! pourquoi le Ciel lui a-t-il refusé ce bonheur, et à moi cette consolation? O ma mère, vois combien ta fille t'aurait aimée !

Et la pauvre enfant couvrait de baisers sa mère adoptive qui fondait en larmes et la serrait sur son sein dans une longue étreinte, en s'efforçant de la consoler.

Cependant les chagrins la minaient insensiblement, et bientôt elle fut atteinte d'une affection qui la fit rapidement dépérir. Ses parents se hâtèrent de faire revenir leur fils, dont la présence exerçait sur elle une toute puissante influence. Mais cette fois sa tendre amitié elle-même fut impuissante à triompher de la douleur de la jeune fille. Ses parents en étaient au désespoir, car ils voyaient en elle le bonheur de leur propre enfant. Arthur, qui avait étudié la médecine, recommanda de lui laisser satisfaire tous ses désirs, et surtout de l'engager à faire de fréquentes promenades dans les bois, alors que la fraîcheur du matin porte dans tous les sens un calme réparateur, une force insensible, qui finissent par opérer, sans nul autre remède, une entière guérison. Lui-même s'offrit à accompagner sa sœur dans ses excursions, si elle voulait le lui permettre, et la jeune fille accepta avec une douce reconnaissance.

Or, un jour qu'ils parcouraient tous deux la lisière d'une forêt, ils aperçurent de loin une jeune femme, dont la démarche et la pâleur annonçaient un être souffrant qui cherchait, comme eux, la solitude. La trace d'une douleur profonde, répandue sur tous ses traits, n'empêchait pas d'y découvrir une beauté remarquable. Ses cheveux flottaient en boucles sur ses épaules. Son chapeau de paille, attaché à sa ceinture, n'abritait pas son beau et mélancolique visage contre les premiers feux du jour. Un vêtement simple et une ceinture noire composaient toute sa parure. Marie éprouva à son aspect je ne sais quelle indéfinissable émotion, qui l'entraînait, comme malgré elle, vers l'inconnue. Mais celle-ci passa devant eux sans les apercevoir. Tenant d'une main des fleurs fraîchement cueillies dans les prés voisins, de l'autre un petit livre richement relié, elle lisait en marchant et paraissait être complètement absorbée par sa lecture.

Entraînés par une espèce de charme irrésistible, les deux jeunes gens se lèvent spontanément pour suivre l'inconnue. Qu'était cette femme, si belle et si triste, qui, seule, de grand matin, traversait la forêt sans remarquer les passants, sans détourner les yeux du livre qui paraissait si profondément l'absorber? D'où venait-elle? Qui pouvait-elle être? Où allait-elle ? Après l'avoir suivie quelque temps, ils la virent bientôt pénétrer dans le cimetière du village voisin, s'agenouiller sur une tombe, y déposer ses fleurs, lire de nouveau certains passages de son livre, qui paraissaient beaucoup l'émouvoir, puis prier longtemps, bien longtemps sur cette tombe chérie. Entre temps, Marie et son frère avaient aussi pénétré dans le saint asile des morts. Mais tout à coup, distraite par un de leurs mouvements, l'étrangère se leva brusquement, et, croyant avoir déposé le petit volume dans son chapeau, elle s'éloigna d'un pas précipité. Marie s'élança aussitôt vers la tombe pour ramasser le livre. Elle se disposait à rappeler la pauvre jeune femme affligée pour le lui remettre, quand tout à coup elle aperçut sur la page entr'ouverte ces quatre mots écrits en gros caractère : A MA PETITE MARIE ! Un tremblement saisit la jeune fille qui serait tombée défaillante sur la tombe arrosée des larmes de l'étrangère, si son frère ne l'eût reçue dans ses bras. Quand elle eut repris ses sens, elle s'agenouilla sur le tertre funéraire, au pied de la pierre tumulaire qui ne portait aussi que ces mots : A MARIE ! « Oh ! combien cette pauvre mère a dû souffrir ! s'écria la bonne jeune fille. » Et, ouvrant de nouveau le livre à l'endroit mentionné, elle y lut ces beaux vers de Millevoye :

Oh ! que des Canadiens j'aime l'antique usage !
Sur les bords du torrent, près du rocher sauvage,
Leur ame se nourrit du charme des douleurs :
Ils cultivent la tombe et l'arrosent de pleurs.
Un tendre souvenir, dans la saison nouvelle,
Vers cet enclos sacré doucement les rappelle.
Morne et silencieux, sur la terre étendu,
Le père croit revoir le fils qu'il a perdu.
Triste, les yeux fixés sur l'aride bruyère,
La mère adresse au Ciel sa muette prière :
Et soupirant le nom de cet enfant chéri,
Répand sur son tombeau le lait qui l'eût nourri ?

Il est impossible d'exprimer les sentiments qu'éprouvèrent nos deux promeneurs dans de semblables circonstances. « Hélas ! voilà cependant tout ce que ma mère a dû souffrir en me perdant, s'écriait Marie, » et elle fondait en larmes. Elle aurait voulu pouvoir consoler cette pauvre mère, et la sympathie qu'elle avait tout d'abord éprouvée pour elle, ne faisait que croître au fond de son ame. Elle voulut voir où habitait la belle et triste inconnue. Toujours appuyée sur le bras de son frère, elle la suivit jusqu'au château qui lui servait de demeure. Il s'élevait à quelque distance du village, sur une colline qui dominait un des plus beaux paysages de la contrée. Un jardinier lui apprend que la pauvre mère s'appelle Edith, et qu'elle est veuve du baron de Vintimil, mort avec toute sa famille sous le glaive du bourreau, pendant les jours sanglants de la terreur.

— Elle-même, continua-t-il, ayant été saisie à Nantes, au moment où elle fuyait les fureurs de la capitale, fut arrêtée par le farouche Carrier et condamnée aux noyades, avec la petite fille qu'elle avait eue de ce mariage. Un bienfaiteur arracha sa fille au trépas; une espèce de miracle sauva la mère de la fureur des flots et des sicaires. Forcée de fuir loin de son pays, elle n'en partit qu'après s'être vingt fois exposée à la mort en recherchant son enfant sans pouvoir la découvrir. A la rentrée des proscrits, elle revint de nouveau à Nantes, où elle prodigua l'or pour retrouver sa fille; mais ses démarches n'ayant pas réussi, elle fut saisie d'un désespoir si violent, que longtemps on trembla pour sa vie et pour sa raison. Quand cette poignante douleur se fut un peu calmée, elle vint habiter ce domaine qui lui a été rendu, et là, seule, sans parents, sans amis, elle y pleure, depuis dix ans, la perte de tout ce qui lui était cher, et surtout de l'enfant qu'elle aimait avec passion. Souvent ses suivantes la surprennent isolée, immobile, ne répandant jamais de larmes, et quelque fois laissant paraître un sourire convulsif sur ses traits décolorés. Ne doutant point que son enfant ne soit morte, elle lui a fait élever un tombeau vide dans le cimetière du village. Jamais elle ne passe un seul jour sans y aller prier. Elle aime à déposer sur le monument des fleurs cueillies de sa main, et à prier longtemps pour sa fille et le père de sa fille. Les médecins ont bien recommandé de ne s'opposer jamais à ce pèlerinage de la douleur, car ils craignent qu'une pareille privation n'égare tout à fait la raison de cette infortunée, et ne la jette dans une démence qui forcerait à la séparer de tout ce qui s'intéresse encore à elle sur la terre. Aussi, tous les matins, dès la pointe du jour, est-elle debout, préparant ses offrandes funéraires, puis, elle se dirige vers le temple du village, après avoir sévèrement défendu de la suivre.

On peut concevoir la vive émotion que de semblables paroles éveillèrent dans l'ame de nos promeneurs. Des larmes coulaient sur les joues pâlissantes de la jeune fille. Elle se serait élancée vers le château pour tomber dans les bras de l'inconnue, si son frère ne l'eût retenue, en lui disant :

— Si c'est elle, ta présence imprévue la tuerait.

Marie comprit, s'éloigna avec son frère, mais son cœur battait bien fort dans sa poitrine: tous ses membres tremblaient: à peine pouvait-elle se soutenir, et, vingt fois, elle se retourna pour jeter un long regard d'amour sur le château en s'écriant :

— C'est ma mère! oui, ce doit être elle! Arthur, oh! que je vais être heureuse!

— Je désire que cela soit, répondit le jeune homme, non moins heureux ; mais ne te fais pas trop d'illusion, car le désenchantement te ferait mourir.

— C'est elle, mon ami, c'est elle, sois-en certain ! La voix de la nature a parlé à mon cœur, dès que je l'ai vue. Non ! Dieu ne saurait à ce point me tromper. Oh ! quand pourrai-je embrasser ma mère, lui dire que sa fille vit encore, la consoler de toutes ses souffrances? N'est-ce pas, Arthur, comme elle m'aime bien, ma mère? Est-i étonnant que j'aie tant souffert en pensant à elle, quand, si près de moi, ma pauvre mère pleurait ainsi la perte de son enfant ? Oh ! pourquoi ne puis-je voler vers ces murs, qui me dérobent ma mère?

— Hélas ! répondait Arthur, tu as vu sa faiblesse, sa pâleur. C'est à peine si un fil la rattache encore à la vie. Sa raison même paraît altérée. Une seule émotion violente suffirait pour tuer ta mère ou pour anéantir à jamais le reste de ses facultés. Notre devoir, chère sœur, est de l'amener tout doucement à la découverte que nous venons de faire. J'ai mes desseins. Nous allons d'abord consulter notre père pour nous assurer que c'est bien elle, et, si nous ne nous sommes pas trompés, j'espère que mes projets seront couronnés d'un plein succès. Tu me seconderas dans cette douce entreprise, que je ne saurais exécuter sans toi. Oh! qu'il te sera doux, n'est-ce pas, mon amie, de m'aider à dissiper tout doucement l'altération de la belle intelligence de ta mère, et de la préparer insensiblement au bonheur de pouvoir un jour, sans mourir, serrer sa fille sur son cœur?

La jeune fille pleurait de reconnaissance en entendant son frère parler ainsi. Assise à ses côtés sur un tertre de gazon, elle abaissait sur lui un regard d'ineffable gratitude. Elle n'hésitait pas à reconnaître l'inconnue pour sa mère, car la voix du cœur ne trompe jamais. Bientôt le comte de Varfenil put lui donner l'entière certitude qu'effectivement cette voix ne l'avait pas trompée. Marie faillit mourir de joie en apprenant que l'inconnue était bien réellement sa mère. Le comte lui-même n'avait pu la revoir sans verser un torrent de larmes, et la comtesse était folle de bonheur, car elle ne craignait plus de perdre sa fille; elle formait déjà le projet de l'unir plus tard à son fils Arthur.

Le lendemain de ce jour, qui parut à Marie long comme un siècle, les deux jeunes gens se rendirent au village pour chercher à mettre le sacristain de l'église dans leurs intérêts. Ils lui promirent une forte récompense, s'il voulait les aider à rappeler à la raison et à sauver les jours de cette jeune mère si digne de pitié. Le sacristain s'empressa d'entrer dans leurs vues avec zèle et dévouement, car lui-même portait le plus vif intérêt à cette jeune mère qu'il ne voyait jamais, sans compassion, venir déposer son offrande sur une vaine tombe. Arthur était poète autant que médecin; il résolut d'employer ces deux moyens la guérison de la malade. Ce jour même, il déposa sur la tombe quelques vers improvisés, qu'il jugeait devoir produire un grand effet sur la jeune mère. Lorsque celle-ci s'en vint le lendemain, de grand matin, prier au pied du monument, selon son habitude, quelle ne fut pas sa surprise de trouver parmi les roses qu'elle y avait déposées la veille, un papier plié sans aucun cachet. Un instant, elle hésite à le prendre; une indicible émotion la remuait jusqu'au fond du cœur; enfin elle prit l'écrit et lut d'un regard attendri ces vers touchants :

Sur ce monument funéraire,
Tous les matins tu viens t'asseoir,
Mais tu le sais, ô tendre mère !
Sous cette triste et froide pierre,
N'habite pas ton doux espoir.
Pourquoi renoncer à me voir ?
Ah ! si bravant la douleur où te plonge
D'une incertaine mort le regret incessant,
Tu goûtais du sommeil le charme bienfaisant,
Mère, avec quel bonheur tu me verrais en songe !

La baronne lut et relut cet écrit avec un trouble inexprimable, mais c'est en vain qu'elle cherche à reconnaître la main qui l'a tracé. Hélas ! il n'était que trop vrai, son enfant n'était point dans le mausolée qu'elle lui avait fait élever. Mais, n'y avait-elle pas fait déposer la plupart des objets qui jadis lui avaient appartenu : les débris de son berceau, ses vêtements, ses joyaux qu'avaient épargnés les fureurs révolutionnaires ? Cependant quel bonheur si réellement l'enfant n'était point morte, comme le lui disait la voix mystérieuse, si tout espoir de la revoir n'était pas encore perdu pour la pauvre mère ! Et son cœur palpitait avec plus de rapidité à cette seule pensée. Une émotion extraordinaire remuait jusqu'à la dernière fibre de ses membres. Ah ! n'était-elle pas coupable de se laisser dépérir, quand sa fille pouvait vivre encore, quand, peut-être, elle pourrait la retrouver un jour ? Ne serait-ce pas un crime de ne pas se conserver à son amour ? Sentant que le chagrin et les insomnies, auxquels elle se livre, usent ses forces, elle se promet d'obéir à la voix irrésistible qu'on a si ingénieusement empruntée. Sans cesse elle répète ces vers, qui se gravent profondément dans sa mémoire. Le dernier surtout sourit à sa pensée, elle le redit tout haut, le fredonne sur un air doux, mélancolique, et, à force d'y faire revenir sa pensée, elle lui fit produire tout l'effet qu'en attendait leur auteur.

La nuit suivante un léger sommeil vint clore sa paupière. Son repos, d'abord agité et pénible, devint bientôt plus calme et plus doux. Alors lui apparut sa petite Marie, belle, ravissante, aimable, comme un de ces anges si gracieux et si purs que Raphaël aimait à jeter sur ses toiles. L'enfant souriait à sa mère ravie de bonheur et d'amour. Elle entourait son cou de ses petites mains blanches, et la couvrait de mille caresses enfantines. La pauvre mère pleurait, riait, embrassait son enfant. Il y avait si longtemps qu'elle ne l'avait revue ! Puis tout à coup elle l'aperçut, pâle et triste au fond d'un horrible cachot. Il lui semblait qu'elle respirait encore l'air épais et méphitique de la prison. Un horrible serrement de cœur l'étouffait. Ses yeux fixes et sombres demeuraient des journées entières attachés sur le visage pâle et décomposé de sa fille, qui se mourait dans ses bras, et ses angoisses la faisaient souffrir, comme si on lui eût versé du plomb fondu dans la poitrine. Mais cette scène changeait tout à coup pour être remplacée par une autre plus déchirante encore. Elle marchait à la mort, son enfant dans les bras. Le fleuve qui devait l'engloutir, étendait devant elle ses nappes d'eau glacée. Le désespoir déchirait ses entrailles maternelles, et déjà elle tombait dans les flots, quand une main propice lui enlevait son enfant pour l'arracher à cette horrible mort. Puis elle roulait pêle-mêle avec les autres passagers au fond du gouffre. Une autre main la saisissait à son tour par la chevelure au moment où elle se débattait dans l'abîme et l'entraînait rapidement vers la rive opposée. Jetée dans une touffe d'herbes par son libérateur, elle voyait celui-ci retomber dans le gouffre dont il l'avait sauvée, et ne plus reparaître.

Couverte de haillons, la jeune mère parcourait ensuite les rues de Nantes pour retrouver son enfant. Mais elle s'arrachait les cheveux de désespoir en voyant combien toutes ses démarches étaient infructueuses, quand tout à coup un beau ciel bleu s'étendit au-dessus de sa tête. Devant elle se déployait la mer immense et limpide ; une belle nature se déroulait aux pieds d'un volcan : on eût dit un morceau du ciel tombé sur la terre. Et deux beaux enfants jouaient sur la grève : l'un d'eux était sa Marie qui lui souriait et s'élançait vers elle pour l'embrasser. Mais elle était tout à coup devenue une grande et belle jeune fille, à la figure douce et triste, à la démarche noble et majestueuse. Et la pauvre mère s'élançait aussi vers elle pour la presser sur son cœur. Hélas ! tout s'était évanoui sous ses étreintes maternelles. La baronne venait de se réveiller.

Elle s'était réveillée, mais elle ne douta point de la vérité de son songe ; elle crut que sa fille vivait encore, et qu'un jour elle la reverrait. Une douce joie se répandit sur son visage. Le sommeil revint la visiter, et, chaque jour, il lui faisait revoir une image chérie. Une cruelle séparation avait en vain soustrait sa fille à sa tendresse, elle la retrouvait tous les jours plus belle, tous les jours plus aimante et meilleure. Insensiblement, elle en éprouva un calme si doux, que, cédant à son charme entraînant, elle finit par prolonger son repos du matin qui lui rendait, avec l'espérance, la santé et la vie.

Cependant sa pâleur était toujours la même. Sa poitrine, longtemps oppressée, n'aspirait encore qu'une faible portion de l'air nécessaire à la vie. Arthur comprit que cette funeste altération ne pouvait être adoucie que par les larmes. Jusqu'alors on avait vainement cherché à provoquer sa sensibilité : sa douleur était muette ; toutes ses facultés se bornaient à sourire et à se taire. Arthur composa une nouvelle pièce de vers, et, suivi de sa sœur, il courut la déposer au milieu des roses desséchées, avant l'arrivée de la baronne. Puis, tous deux se retirèrent dans la maison du sacristain, et se placèrent derrière un rideau qui leur permettait de tout voir sans être vus. La baronne ne tarda pas à venir ; elle s'agenouilla sur la tombe. Son œil brilla, quand elle aperçut un nouveau billet parmi les fleurs. Elle le saisit avidement et le lut avec transport.

Mère, ces fleurs qui parent un vain tombeau,
Ont perdu comme toi, leur fraîcheur et leur charme :
Veux-tu leur voir reprendre un éclat tout nouveau?
Ah ! daigne quelquefois les mouiller de tes larmes !

Tandis qu'elle lisait, Marie la contemplait avec ravissement. Mais qui pourrait dépeindre les émotions de ce jeune cœur de seize ans, à l'aspect de cette mère qu'elle n'avait jamais vue de si près. Oh ! qu'elle lui paraissait belle et bonne, cette mère qui avait tant regretté sa fille. Comme elle sentait tout son cœur déborder d'amour pour elle ! Avec quelle joie elle eût voulu s'élancer dans ses bras, si elle n'eût été retenue ! De grosses larmes coulaient de ses yeux. Elle suivait avec anxiété jusqu'au moindre mouvement de la pauvre femme. Tout à coup, elle la vit tomber éperdue sur la pierre qu'elle couvrait d'un torrent de larmes. Le cœur de la bonne jeune fille se brisait d'émotion. Elle voulait se précipiter pour la relever, mais Arthur la retint. Il s'écriait dans son exaltation :

— Elle pleure, elle pleure ! elle est sauvée, elle est sauvée ! Bientôt, ma sœur, vous pourrez embrasser votre mère. Ah ! maintenant je ne crains plus rien pour ses jours et pour sa raison. Cependant soyons prudents, soyons-le jusqu'au bout. Quel malheur, si la félicité allait nous échapper, au moment où nous croyons la saisir !

— Elle est sauvée, disait à son tour la jeune fille, et c'est à vous que je la devrai, cher Arthur !

Cependant la baronne s'éloigna du tombeau. Depuis cette époque, on la vit moins sauvage. Insensiblement, l'espérance donnait à sa douleur un caractère moins lugubre. Un sommeil paisible commençait à réparer ses forces épuisées. Plusieurs fois elle monta au salon du château, y fit un peu de musique, prit part à la conversation et laissa poindre un sourire sur ses lèvres décolorées. Elle parlait aux agriculteurs qu'elle rencontrait dans les champs, répondait d'un air gracieux au salut qu'elle en recevait. Elle s'habitua même à voir jouer ensemble les enfants du village; elle s'arrêtait devant les petites filles et croyait retrouver en elles quelques traits de sa chère Marie. Celles qui lui procuraient cette douce illusion en recevaient toujours quelques caresses et une preuve de sa générosité. Tout semblait contribuer à rendre à cette femme si éprouvée, un calme remarquable, sa raison, sa grâce, et toute sa bonté. Un matin, elle trouva sur la tombe de son enfant ces autres vers :

Pauvre mère, sèche tes pleurs.
Un jour tu reverras ta petite Marie,
Ta fille si chérie,
Que le ciel te rendra pour calmer tes douleurs !

En lisant ces mots, la baronne faillit mourir de joie. Mais elle fut assez forte pour supporter l'émotion dont la remplit une telle promesse.

— Ah ! si on me trompe, je sens que j'en mourrai, s'écria-t-elle; mais maintenant je veux vivre pour mon enfant. O toi ! voix inconnue qui pénètres si bien mes plus secrets sentiments, toi, que j'ai vainement cherchée à connaître, qui que tu sois, je te bénis pour tout le bien que tu m'as fait. Si tes promesses se réalisent, je te devrai plus que la vie : je te devrai mon bonheur et ma félicité !

Enfin le moment de la reconnaissance arriva. C'était le dernier jour de ce beau mois de Marie, de ce mois des fleurs que le catholicisme a consacré à la reine des Anges et des Vierges, comme une délicieuse harmonie. Pendant ce mois, les autels du village où demeurait la baronne, avaient été ornés de cierges et de bouquets sans nombre. Là, au pied du sanctuaire, tendu de blanches draperies et décoré d'orangers et d'arbres verdoyants, les jeunes filles, leurs mères, les heureuses du monde et celles qui arrosent de leurs larmes le pain gagné à la sueur de leur front, viennent prier et chanter ensemble. Chaque matin, la messe est célébrée avec de riches ornements, et, le soir, tous les cierges de l'autel s'allument pour le salut. De pieux cantiques adressés à la mère de tous les affligés, de douces instructions, qui inspirent la confiance en elle, sont mêlés à toutes ces splendeurs, et quand le nom ravissant de la reine des anges est prononcé, toutes les têtes voilées de blanc s'inclinent et se relèvent comme autant de beaux lis, dont les tiges et les fleurs se courbent sous le souffle du tiède printemps. C'était par ce chemin tout émaillé de fleurs que le frère de Marie voulait reconduire la jeune fille à sa mère.

Mme de Varfeuil, son mari, son fils et sa fille, s'étaient rendus au salut du soir. Le curé avait été prévenu de tout, et, de bon cœur, il avait consenti à prier pour la pauvre mère, afin qu'elle ne succombât pas au bonheur dont le ciel allait la combler en lui rendant sa fille. Elle était toujours si exaltée et si souffrante, que cet instant suprême faisait encore trembler tout le monde. Une tribune réservée avait été mise à la disposition du comte et de son épouse. Marie devait se rendre à l'orgue avec son frère. Nous avons dit combien était facile le talent de la jeune fille sur le piano ; combien douce était sa voix si remarquable par son étendue et sa beauté. Mais comme son cœur battait dans ce moment suprême, comme sa voix était émue ! Cette émotion redoubla davantage encore, quand elle vit entrer la baronne, qui, chaque soir, assistait au pieux office célébré pour honorer la mère des douleurs.

— La voilà ! dit tout bas Mme de Varfeuil à son mari, en la voyant arriver ; que sa physionomie est douce, gracieuse et triste ! Ah ! je sens que bientôt j'aimerai la mère autant que la fille.

Cependant la baronne était bien pâle encore ; ses membres, épuisés par la douleur, étaient toujours amaigris, et toutefois elle était réellement belle sous son grand voile noir qu'elle avait relevé pour prier. Tout à coup ses yeux s'arrêtèrent sur la tribune placée devant elle. Elle fut étonnée d'y voir des étrangers ; mais sa surprise redoubla bien davantage encore quand elle crut démêler dans la physionomie de l'étranger des traits qui ne lui étaient pas inconnus. C'est vainement, toutefois, qu'elle cherche à se rappeler où elle a vu cet homme ; un nuage se place entre ses regards et ses souvenirs. Comment aurait-elle pu reconnaître, dans le brillant seigneur, le paysan aux vêtements ignobles, qui avait sauvé sa fille ? Et puis, le temps et l'exil avaient bien aussi quelque peu modifié les traits de M. de Varfeuil. Son cœur n'en bat pas moins avec force dans sa poitrine; la pensée s'attache à ce mystérieux inconnu, dont le seul aspect fait tant d'impression sur son ame; elle ne peut plus en détacher sa vue. Un frémissement, comme elle n'en avait jamais éprouvé, s'emparait d'elle quand ses yeux rencontraient ceux de l'étranger, qui se portaient aussi bien souvent vers elle.

Cependant le salut était commencé. Tout à coup Marie laissa glisser ses doigts sur le clavier d'ivoire. Son ame passait tout entière dans ses mains. Bientôt l'orgue soupira des sons d'une inexprimable mélancolie. La jeune fille, émue jusqu'aux larmes, s'abandonnait à l'irrésistible émotion qui l'avait gagnée. C'étaient des mélodies d'une indicible douceur; des élans d'amour tels que les séraphins doivent en exhaler dans leurs chants divins; des attendrissements subits, succédant aux ineffables félicités d'une joie céleste. Tout à coup, à ses accords, Marie mêla sa voix tremblante. Alors, il y eut parmi tous les assistants un mouvement de surprise impossible à faire comprendre. Rien n'égalait la douceur, la tristesse, l'exquise suavité de cette voix angélique, qui semblait soupirer les douleurs des enfants des hommes. Cette voix fit tressaillir la baronne de tous ses membres; elle retenait son haleine pour mieux entendre; elle dévorait l'orgue d'un regard avide; mais, hélas! elle ne pouvait rien découvrir. Quand la voix cessa, elle se dit d'une voix triste :

— Si j'avais conservé ma fille, voilà peut-être quel serait le chant de mon enfant.

Cette pensée traversa son esprit comme un éclair lumineux, et lui fit vivement reporter les yeux sur l'inconnu qui se trouvait vis-à-vis d'elle. Il la contemplait toujours, ainsi que son épouse, et semblait épier jusqu'aux moindres émotions de la pauvre mère. Une fois elle les vit se parler à voix basse et essuyer aussitôt une larme qui coulait sur leurs joues. Si elle n'eût craint dans ce moment de troubler les cérémonies saintes, elle se serait élancée vers eux pour leur demander ce qu'était devenu son enfant. Pauvre mère, elle croyait entendre une voix secrète lui crier maintenant au fond du cœur :

— C'est lui! c'est lui! c'est le sauveur de ma fille adorée! Et n'est-ce pas lui aussi qui m'écrivait ces billets qui m'ont rendu la vie avec l'espérance? Ah! cet homme, ce bienfaiteur, ce sauveur sait donc où elle est. Peut-être cette voix si douce, ces soupirs ineffables, ces accents angéliques?... Oh! si c'était elle! Ah! mon Dieu, soutenez mes forces, donnez-moi le courage de supporter sans mourir une telle félicité! Mais si je me trompais? Si ce n'était ni lui, ni ma fille? Oh! alors, je le sens, jamais je ne survivrais à ce coup!

Et la pauvre mère, les mains sur la poitrine, semblait s'efforcer d'arrêter la violence des battements de son cœur. Toute palpitante de crainte et d'espérance, elle attendait la fin de l'office avec une mortelle anxiété. Son impatience la consumait. Ses mains, ses pieds, tout son corps en étaient agités. Elle serait morte d'angoisses, si ce supplice avait continué quelque temps encore. Heureusement, le prêtre descendait de l'autel. Elle n'a pas le courage d'attendre plus longtemps : elle se précipite dans la sacristie, et, sans donner au ministre du Seigneur le temps d'ôter ses vêtements sacrés :

— C'est un ange, mon père, qui a chanté ce soir ? Dieu a donc eu pitié de moi !

— Oui, répondit le curé, oui, mon enfant, le Dieu qui guérit les malades a eu pitié de vos souffrances, et bientôt, je l'espère, il finira vos maux.

— Mes maux, vous le savez, ne sont point en moi, ils sont dans l'absence.

— Je le sais, ma fille ; mais moi, le ministre du Dieu des miséricordes, je vous annonce qu'il va y mettre un terme.

— Ah ! ce serait donc vrai ?

— Douteriez-vous de la bonté et de la puissance divine ?

— Non, j'y crois. Mais j'ai vainement espéré si longtemps. Oh ! si vous saviez ce qui se passe en moi dans ce moment !

— Jusqu'à ce jour, le Seigneur a voulu vous éprouver. Maintenant qu'il veut faire briller sa miséricorde, mettez en lui toute votre confiance. Espérez ! espérez !

— Oh ! ne croyez pas que je ne veuille pas de l'espérance ; j'en ai besoin, j'en ai soif ! Mais elle m'avait abandonnée si longtemps ! Regardez, je suis fanée et séchée comme l'herbe sur laquelle ne tombe plus la rosée.

En disant ces mots, la pauvre mère montrait ses mains et ses bras amaigris. Le prêtre, prenant une de ses mains, lui dit :

— Venez, ma fille ; maintenant tout le monde est sorti du temple saint ; ici se trouve une personne qui sait où est votre fille.

— Ah ! Dieu du ciel ! s'écria la tendre mère, c'était donc vrai, je ne m'étais pas trompée ! c'était lui, le sauveur de ma fille, de ma fille qui vit encore, me dites-vous ? Ah ! priez pour moi, mon père, pour que je ne meure pas en la revoyant.

Et le prêtre s'agenouilla auprès d'elle, et tous deux prièrent. La baronne était d'une pâleur mortelle ; elle tremblait de tous ses membres, et des larmes, des larmes de bonheur et de joie découlaient de ses yeux. Tout à coup, se relevant comme si elle eût été mue par un ressort, elle s'écria :

— Maintenant, allons, mon père, je suis forte.

Quand ils entrèrent dans la tribune réservée à la noble famille, la baronne resta comme frappée d'un coup de foudre, en apercevant, aux côtés du comte de Varfeuil et de son épouse, un jeune homme et une jeune fille qui paraissaient leurs enfants, et qui la contemplaient avec un air d'inexprimable sympathie. La jeune fille surtout avait dans les regards tant d'affection et d'ineffable tendresse, que la baronne en tressaillit. Se retournant vers le prêtre :

— C'est un ange, lui dit-elle ; ma fille pourrait avoir son âge.

Marie, qui était tout proche d'elle, ne put s'empêcher de saisir une de ses mains et de la porter à ses lèvres, en lui disant :

— Non, je ne suis pas un ange !

— Oh ! s'écria la baronne. Qui donc êtes-vous, vous qui avez tant de beauté et qui me semblez si bonne?

Cet éloge dans la bouche de sa mère, sembla si doux à la jeune fille, que des larmes brillèrent dans les yeux, et d'une voix émue elle répondit :

— Je suis une pauvre fille qui ne cesse de pleurer sa mère, sa mère dont elle ne se souvient pas d'avoir reçu les caresses et les baisers.

— Elle est donc morte, votre mère, quand vous étiez encore au berceau ? Oh ! dans ce cas, je vous plains du fond de mon cœur.

— Hélas! je l'ai crue longtemps; mais maintenant, je sais qu'elle vit, et qu'elle aussi pleure l'enfant dont les assassins avaient voulu la séparer.

— Ah ! cette fille est donc comme ma petite Marie, que des brigands m'ont forcée d'abandonner, et moi, je suis comme cette pauvre mère, qui cherche en vain son enfant, sans pouvoir la retrouver. Oh ! bonne demoiselle, si vous saviez comme j'aimais ma fille ! J'en prends à témoin le Dieu qui a fait le cœur des mères. Aujourd'hui, elle pourrait avoir votre âge ; peut-être serait-elle aussi douce et bonne comme vous !

Arthur, le comte de Varfeuil, son épouse, le prêtre, tous pleuraient.

Tout à coup la baronne, tournant les yeux, aperçut un petit médaillon que la jeune fille avait, à dessein, attaché à son cou, et qui brillait sur sa poitrine. C'est celui que M. de Varfeuil avait découvert sur la jeune orpheline, au moment où il l'avait remise aux mains de son épouse. La pauvre mère ne l'eut pas plutôt aperçu, qu'elle poussa un grand cri :

— Ah Dieu ! vous êtes mon enfant !

— Oui, mère, je suis ta petite Marie, s'écria la jeune fille, en tombant dans les bras de sa mère qu'elle serra avec amour sur son cœur.

— Oh ! toi qui me parles d'une voix si douce, toi que je prenais pour un ange, pour un des chérubins du ciel, tu es donc vraiment mon enfant ? Ah ! si on me trompe, mon pauvre cœur se brisera pour jamais !

— Mes embrassements, mes baisers, mes larmes de joies qui baignent vos joues, ne vous prouvent-ils pas que je suis Marie, votre fille si longtemps perdue ?

— Celle que vous m'avez remise en me disant : « Ayez-en bien soin, je vous en conjure ; c'est l'unique enfant qui reste désormais d'une nombreuse famille, dont tous les membres sont morts sur l'échafaud, » ajouta le comte de Varfeuil en sanglotant.

La baronne ne douta plus ; elle couvrit sa fille de mille folles caresses ; puis elle embrassa M. de Varfeuil, le second père de son enfant. Elle n'eut pas la force de supporter plus longtemps tant de bonheur. Son corps se raidit, ses yeux se fermèrent, elle tomba évanouie dans les bras de sa fille.

— Elle se meurt ! s'écria Marie avec effroi au jeune médecin, qui pleurait à ses côtés.

— Elle est sauvée, murmura celui-ci. Cette crise je l'avais prévue : elle était inévitable ; mais dans un instant, l'affection qui vous la ravit, va vous la rendre. Chantez-lui, de votre voix la plus suave, le morceau qui, tout à l'heure, l'a tant émue.

Marie s'agenouilla près de sa mère et, de sa voix d'ange, entonna un chant d'une douceur séraphique. Chaque note était comme une prière, et venait tomber sur le cœur de la malade comme une pluie bienfaisante, qui ranime la fleur qu'un soleil trop ardent flétrissait. Bientôt des larmes jaillirent des yeux de la pauvre mère qui se réveilla en souriant.

— Où est ma fille, s'écria-elle ?

— Dans vos bras, répondit Marie, en la couvrant de caresses.

Monsieur de Varfeuil conduisit la baronne dans sa maison où la mère et la fille, comme bien vous pouvez penser, ne se quittèrent plus. Edith de Vintimil appelait Arthur son sauveur et son fils ; bientôt la bonne Marie lui donna un nom plus tendre encore que celui de frère, en devenant madame de Varfeuil.

RODOLPHE DE BAZAS.

I

Lorsque vous étudiez les pages glorieuses de notre histoire de France, ne vous êtes-vous jamais surpris à rêver sur le règne de Louis XIII en même temps que sur son ministre, cet homme extraordinaire qui eut nom Richelieu? N'avez-vous pas senti votre ame saisie de je ne sais quelle mystérieuse admiration en pensant à la fermeté, aux moyens héroïques dont savait faire usage ce caractère ferme et grand, pour arriver au but que sa politique s'était proposé? Toutes les alliances lui étaient bonnes, dès qu'elles assuraient la prépondérance de la France au dehors. Mais il voulait aussi l'indépendance de la couronne au dedans, et, pour l'établir sur une base inébranlable, il renversa tout ce qui s'élevait autour de lui : grands seigneurs, favoris, dignitaires, princes du sang, ne reculant jamais devant les obstacles quels qu'ils fussent, et marchant à son but envers et contre tous. Le but de Richelieu, mes amis, était d'empêcher les grands seigneurs de s'élever presque au niveau du roi, en mettant un terme à l'insatiable ambition qui les poussait à se rendre indépendants de la couronne.

Les plus illustes seigneurs de France formèrent une ligue contre le ministre, afin de le renverser, s'il était possible, ou du moins, pour conserver leurs priviléges et leur puissance.

Or, parmi les mécontents, se trouvait un homme doué d'une force d'ame non moins indomptable que celle de Richelieu. Rodolphe de Bazas s'était opposé de tout son pouvoir à l'élévation du ministre, et, quand il le vit au faîte de la puissance, il redoubla d'audace et d'intrépidité pour le renverser. Vingt fois, il avait su se soustraire à l'exil que le puissant ministre lui réservait, et maintenant, infirme et brisé, il coulait en paix les derniers jours de son existence dans le château de Bazas, que lui avaient laissé ses ancêtres. Un vieux serviteur et son petit-fils, à peine âgé de douze ans, étaient les deux seuls compagnons de ce vieillard austère et rigide, et cependant plein d'ame et d'urbanité, mais égaré par la passion, car il aurait remarqué qu'en s'en prenant si vivement au ministre de Louis XIII, il attaquait son souverain lui-même.

C'était un beau spectacle que celui du vieux baron rajeunissant sa longue existence au souffle de vie de la brillante jeunesse de son petit-fils, qu'il aimait avec passion. Comme moi, mes enfants, n'eussiez-vous pas désiré voir ce guerrier aux cheveux blancs, au regard de feu, à la physionomie imposante et majestueuse, au front sublime, la main toujours appuyée sur la garde de sa fidèle épée, donnant à son jeune fils des leçons de vaillance, d'urbanité, de courtoisie? N'est-ce pas, qu'il eût été agréable de comtempler ces deux personnes, touchant aux deux extrémités opposées de la vie, de mœurs et de caractères si divers, et cependant se comprenant, s'aimant, ne pouvant se passer l'un de l'autre : l'enfant, se nourrissant de la vieille expérience du père ; le père, se ranimant de la juvénile ardeur du fils, dans lequel il se sentait revivre avec ses goûts, sa témérité, son courage.

Tous deux, en ce moment, jouissaient, sur la terrasse qui s'étendait devant la principale porte du château, de la douce chaleur d'un des premiers beaux jours du printemps. Devant eux étaient rangés symétriquement de beaux vases où commençaient à s'épanouir quelques fleurs dont l'éclat réjouissait la vue, tandis qu'une brise bien douce et bien tiède en apportait les odeurs parfumées jusqu'aux deux spectateurs. De ce lieu, le regard pouvait contempler au loin un spectacle plutôt majestueux que riant, plus propre à inspirer des pensées sévères, qu'à réjouir l'imagination par de gracieuses images ou le cœur en y faisant naître de douces et paisibles émotions. L'élévation, sur laquelle avait été construit le château, dérobait à l'œil une plage aride et brûlée par les rayons du soleil, pour ne laisser apercevoir que les eaux de l'Océan, qui se déroulait dans l'immense envergure du golfe de Biscaye. Du sein des flots semblait jaillir une tour sombre et noire, qui servait de prison d'Etat et qui paraissait avoir été placée là tout exprès pour rappeler aux seigneurs de Bazas que, dans ces temps d'agitation, il n'y avait pas loin de la puissance à la captivité. Mais la vue du fatal donjon ne troublait pas même la quiétude du vieillard et du jeune rejeton de son antique et glorieuse maison.

— Quelle belle matinée, grand-père ! s'écriait l'enfant en sautillant autour de lui ; tu devrais bien me permettre d'aller me promener avec ton vieil écuyer sur le beau cheval que tu m'as donné. Tu verrais quel progrès j'ai déjà fait dans l'art de l'équitation ! Devant toi, je m'élancerais jusqu'à la pointe du golfe, avec la célérité de cette hirondelle que tu vois effleurer la surface des eaux. Oh! qu'il est agréable, grand-père, de se sentir voler dans les airs!

— Comment, Gaston, tu voudrais me laisser seul ici, toi, mon unique joie, ma plus douce consolation? Ah! ce n'est pas bien à toi, Gaston, mon fils! non ce n'est pas bien.

— Père, je n'y avais pas pensé, s'écria l'enfant en lui sautant au cou et le couvrant de caresses. Ah! tu sais bien que je ne voudrais pas t'affliger. Je t'aime tant, vieux père!

— Je le sais, je le sais! reprenait le vieillard que les caresses de son petit-fils attendrissaient jusqu'aux larmes. Et le serrant dans ses bras, il le couvrait de gros baisers, mêlant les boucles de ses cheveux blancs à celles qui, de leurs ondes épaisses, couvraient les épaules de son jeune fils.

— C'est dommage cependant, vieux père, de rester ici par cette belle matinée. Ecoute chanter les oiseaux dans le parc! Vois comme les prairies nous sourient sous les rayons du soleil! Que le ciel est beau, que l'air est frais, que les fleurs sont jolies, là-bas, près des grands arbres! Viens, grand-père, allons courir au milieu de cette verdure, au bord des ruisseaux, sous les arbres du bosquet. Si tu savais quel plaisir on goûte à voltiger comme un papillon, à sauter par-dessus les haies et les fossés? Du moins, alors, nous ne nous quitterons pas : nous nous amuserons ensemble.

— Enfant! enfant! reprenait le baron, tu ne songes donc pas que j'ai quatre-vingt-deux ans! Moi, courir comme la chevreuil, sautiller comme le papillon! C'était bon au temps où j'avais ton âge, Gaston; alors aussi j'aimais tout ce que tu aimes. Maintenant, j'aime mieux rester sur cette terrasse; auprès de toi, cher fils, j'y suis si heureux!

— Mais je ne le suis pas moi, vieux père! Ici, je m'ennuie à mourir. Là-bas, au contraire, quel plaisir! Tiens, je veux...

— Je veux, dites-vous, je veux! Enfant, rappelez-vous qu'à votre âge on n'a pas de volonté.

—Enfant, enfant, mais je ne suis plus un enfant : j'ai bientôt treize ans.

— C'est-à-dire douze à peine. Ainsi donc, gardez vos projets pour le jour où vous aurez vingt ans.

Gaston, humilié, s'était éloigné de son grand-père et faisait une moue, qui, comme vous le pensez bien, mes amis, n'était ni des plus jolies ni des plus aimables. Le vieillard le regarda un instant en silence d'un air sévère. Mais loin que le regard du baron le fît trembler, Gaston n'en éprouvait que plus de dépit et se raidissait contre toute autre volonté que la sienne. Se déridant tout à coup, le vieillard se mit à sourire, et, s'avançant vers l'enfant indocile, il le flatta doucement de la main en lui disant :

— Allons, je le vois bien, tu es un vrai Bazas : bon cœur, mauvaise tête et volonté de fer. Soit, je t'aime ainsi. Mais cesse de me faire cette laide et vilaine moue, et je te dirai quelque chose qui te fera bien plaisir. Si tu savais, Gaston....

— Quoi donc, grand-père? reprit l'enfant qui avait déjà oublié sa rancune, et d'un bond il fut au-devant du vieillard, dont il saisit les deux mains et qu'il regarda fixement de ses grands yeux intelligents, comme pour deviner sa pensée avant qu'il eût pu l'exprimer.

— Vous êtes curieux, Gaston, reprit le vieux seigneur. Mais cette fois, je vous le pardonne, car il s'agit d'une histoire de famille, et je pense qu'il est temps que vous la connaissiez.

En parlant ainsi, il regagnait son siége. L'enfant s'élança sur les genoux du vieux chevalier et lui passa le bras autour du cou, tandis que le baron lui pressait la taille de ce même bras qui naguère avait fait mordre la poussière à tant d'ennemis sur le champ de bataille. Tout à coup, la figure du vieillard s'illumina. Sa belle chevelure brillait en ondes argentées sous les rayons du soleil; son grand et large front s'éclaircissait d'une sérénité limpide ; il montrait de la main un vase de fleurs qu'il contemplait d'un regard radieux avec une rare expression de bonheur.

— Vois-tu cette fleur entr'ouverte depuis le matin? dit-il au jeune enfant.

— Quoi donc, cette pervenche?

— Oui, oui, Gaston, cette pervenche. Quand dans notre salle d'honneur tu t'es amusé à considérer les armes de notre famille, n'y as-tu pas remarqué une fleur pareille à celle-ci? Eh bien! c'est la fleur de famille, la fleur de nos destinées, oui, de nos destinées, entends-tu bien, Gaston, de nos destinées !

Et l'œil du vieillard brillait d'un éclat inaccoutumé, et sa voix vibrante avait quelque chose de solennel et de passionné qui remuait l'ame de l'enfant. Celui-ci, au comble de la surprise, regardait son grand-père, la bouche béante, et d'une oreille avide, recueillait jusqu'à ses moindres paroles et les gravait profondément au fond de son cœur. Son grand-père ne lui avait-il pas dit qu'il s'agissait d'une histoire de famille? Le baron reprit :

— Mon fils, tu sais que ton père combat en ce moment contre le terrible ministre qui se fait un jeu d'envoyer à la mort les plus nobles têtes de France. Eh bien! si je ne tremble pas pour ses jours, si je puis être rassuré sur son sort et me sentir heureux même en sachant mon fils engagé dans une aussi redoutable rébellion, c'est que cette fleur vient d'éclore et ne me présage que bonheur. Mais c'est toute une histoire, Gaston, que celle de cette fleur et de la manière dont elle fut introduite dans nos armes. Il y plus de six cents ans de cela, car c'était du temps du roi Robert. Alors il n'y avait point encore de baron dans la famille, et nos ancêtres servaient près de ce monarque en qualité de simples gentilshommes. Or, un jour, la reine Berthe, plongée dans le malheur, fut rencontrée par un de nos aïeux. Il s'empressa de cueillir la première fleur qu'il trouva sur sa route, et de la présenter à deux genoux à la pauvre reine. Berthe lui donna sa main à baiser, et lui dit en étouffant ses sanglots : « Beau sire, puissiez-vous acquérir gloire et renommée, titres et puissance. Que cette fleur vous soit propice à vous et aux vôtres, car vous le méritez. »

« Le roi, ayant eu connaissance de ce qui s'était passé, nous donna la baronie de Bazas, avec droit de haute et basse justice. C'est en mémoire de cet événement qu'une pervenche a été mise dans nos armes. Depuis ce jour, cette fleur est devenue celle de la famille, et, retiens bien ceci, mon fils, on dit qu'elle exerce une haute influence sur la destinée des Bazas. Le vingt-cinq mars, jour où notre aïeul rendit hommage à la vertu malheureuse et bannie, il est de tradition bien ancienne que le chef de la famille cueille de sa propre main une pervenche, pour perpétuer, de père en fils, le souvenir de cette action. Si le malheur veut qu'il l'oublie ou qu'il soit empêché de le faire, c'est un signe certain que de grands malheurs fondront sur lui et sur les siens. S'il la cueille, au contraire, c'est un signe de bonheur pour toute la maison. Eh bien! comprends-tu maintenant, pourquoi je suis si heureux à la vue de cette pervenche épanouie? Je pourrai la cueillir après-demain! Ah! si j'en étais empêché, cela nous annoncerait, par le temps qui court, des morts terribles : celle de ton père, la mienne, la tienne peut-être, enfant! L'histoire de notre maison nous apprend qu'il en fut toujours ainsi. Témoin, ce Gaucher de Bazas, qui, lorsqu'il combattait en Palestine, négliga de la cueillir. Un mois après, il fut pris par les Sarrasins; son corps fut coupé en morceaux, et sa tête fut trouvée un matin sur les créneaux du château de Bazas, sans qu'on ait jamais pu savoir comment elle y avait été apportée. »

Et tout en parlant ainsi, le vieillard frissonnait de tous ses membres. Gaston avait écouté avec une religieuse attention ce récit, qui lui avait arraché des larmes, tout extraordinaires qu'il lui paraissait. L'enfant crut à la légende sans raisonner.

— L'histoire est merveilleuse, s'écria-t-il; un Bazas ne saurait l'oublier!

Le grand-père le baisa deux fois au front pour cette belle et noble parole.

II

Pendant que le vieillard et son petit-fils s'entretenaient de la sorte, on entendit tout à coup une grande rumeur à l'entrée du château. Bientôt apparut le vieux Ramée, qui s'écria d'une voix sourde :

— Des gens du roi, Monseigneur !

— Laissez entrer, répondit le baron.

Dès que ceux-ci furent parvenus sur la terrasse, ils s'arrêtèrent en face du vieillard, et lui dirent :

— Au nom du roi, Monseigneur, nous vous arrêtons.

— Moi ! vous vous trompez ! répondit-il, en se redressant fièrement. Depuis dix ans, je suis étranger à tout ce qui se passe dans le monde.

— Vous n'ignorez pas cependant que le duc d'Orléans et le connétable de Montmorency ont pris les armes contre le roi ?

— Contre Richelieu voulez-vous dire ; ils avaient leurs droits à défendre.

— Et c'est aussi sans doute pour ce motif que votre fils, Hector de Bazas, s'est mis du parti des révoltés ?

— Ah ! si mon grand âge ne m'en eût empêché, je l'aurais accompagné ! Vous pouvez redire ceci à Richelieu.

— C'est pour cela que le roi, ne voyant que vous dans votre fils, vous fait arrêter !

— Bientôt je serai vengé d'un tel outrage, car les princes et mon fils....

— Votre fils est en fuite, proscrit et vaincu.

— Quel nouveau motif d'orgueil pour l'implacable ministre ! Le Ciel aussi serait-il donc du parti de cet homme ?

— Gaston d'Orléans a trouvé bon de trahir les rebelles.

— Toujours le même.

— Le connétable a été vaincu et pris.

— Que Dieu ait pitié de son ame !

— Votre fils nous est échappé.

— Déjà vous l'avez dit.

— Le Roi a ordonné que vous seriez retenu prisonnier jusqu'à ce qu'il plaise au seigneur Hector de venir vous rendre la liberté en se livrant.

— Ah ! puisse-t-il bien s'en garder ! Je vous suis, Monsieur ; où me conduisez-vous ?

— Au donjon que vous voyez d'ici, Monseigneur.

— Marchons donc.

— Ah! non, vous n'irez pas! s'écria Gaston. Non, vous n'emmenerez pas mon grand-père! N'est-il pas infâme de punir l'innocent pour le coupable? Passe encore si le châtiment retombait sur moi, qui suis le fils du proscrit. Mais jeter dans un cachot un pauvre vieillard octogénaire! Ah! c'est vil, c'est horrible cela, et je jure que pas un de ces hommes ne sortira d'ici avec mon grand-père, ou je les tue.

— Silence, Gaston! s'écria le vieillard. Je t'ordonne de ne rien tenter contre la justice. Maintenant embrasse-moi pour la dernière fois.

L'enfant se jeta dans les bras du vieillard en sanglotant.

— Ah! vous ne partirez pas, s'écria-t-il. Non, ces guerriers n'auront pas le courage de vous arracher de mes bras. Ce sont des soldats, et non pas des bourreaux. Que deviendrai-je sans vous? Que deviendrez-vous sans moi? Vous, à votre âge, aller souffrir au fond d'un cachot! Vous, reposer vos membres couverts de glorieuses cicatrices sur la paille humide d'une prison! Vous privé d'air, de lumière, des caresses de votre fils, de votre douce promenade du matin, de la brise qui soufflait dans votre chevelure vénérable, des fleurs qui vous apportaient leurs parfums! Ah! non, non, cela ne saurait être!

Et, tout en parlant ainsi, il baisait les cheveux argentés du vieillard; il pressait ses mains sur son cœur, il levait sur lui un regard mouillé de larmes. Mais celui-ci, profondément attendri, lui dit:

— Retiens ces pleurs, enfant; il ne faut jamais en répandre devant un ennemi qui peut jouir de notre douleur. Adieu, mon fils, adieu pour toujours! car tu le vois, je ne cueillerai pas la pervenche le 25 mars.

Les soldats eux-mêmes étaient attendris, et essuyaient furtivement une larme qui perlait sur leurs joues. Mais les ordres étaient formels; Gaston fut arraché des bras de son aïeul, qui fut aussitôt conduit au fatal donjon.

Laissé seul au château, Gaston passa dans la tristesse et le découragement les heures qui suivirent. A l'inquiétude qu'il éprouvait pour son père, en butte aux recherches actives des gens du ministre, se joignait le tourment de savoir le vieux baron exposé à toutes les privations d'une dure captivité, et peut-être à la mort. L'imagination de l'enfant, travaillant sur ces lugubres idées, suscitait dans son ame des tortures atroces. Ce n'était plus cet enfant du matin, à la figure insouciante: ses traits étaient contractés, ses yeux ne cessaient de verser des larmes, et dans son jeune cœur roulaient déjà des pensées de vengeance. Pleins des tourments qui l'agitaient, il allait et venait dans cet immense château, sans intention et sans but. C'était une tendre plante privée de son tuteur, une fleur que le vent fouettait impitoyablement. Tout ce qu'il voyait, contribuait à augmenter ses angoisses, la consternation peinte sur le visage des domestiques, les conversations furtives, à voix basse, les gestes contraints, rien n'était fait pour apporter du calme à cette jeune ame, qui jamais n'avait été agitée par d'aussi violentes émotions. Quand la nuit vint couvrir la terre de son voile de ténèbres, ses tourments redoublèrent encore. Il ne goûta point le repos de son sommeil habituel. Des songes horribles bouleversèrent ses pensées; il ne rêva que gibet, fleuve de sang, assassinat! Et souvent il se réveillait en sursaut, en poussant des cris terribles. Le vieux Ramée, qui couchait au pied de son lit, se levait aussitôt et s'efforçait de calmer l'agitation du noble enfant, que le danger du baron ne cessait plus de tourmenter.

Dès que le jour fut venu, l'enfant se leva pour chasser les noires préoccupations qui le bouleversaient. L'air était frais, le ciel d'azur, la prairie verdoyante sous les premiers rayons du soleil, la brise bien douce et bien fraîche. Gaston sortit pour aller faire sa promenade matinale, selon sa coutume. Mais à peine a-t-il mis le pied sur la terrasse, qu'il aperçoit la pervenche épanouie depuis la veille. Alors nouvelles douleurs, nouveaux supplices. D'un œil attristé, il la contemple en silence, puis il s'écrie tout à coup :

— O mon Dieu! que mon pauvre grand-père doit souffrir! Ne me disait-il pas hier encore : « Si je ne pouvais la cueillir, c'est ma mort, celle de ton père, la tienne, peut-être, que cela annoncerait! » Et en partant, n'a-t-il pas ajouté avec angoisses? « Tu le vois, je ne pourrai cueillir la pervenche au jour voulu! » Je ne sais comment une fleur peut ainsi avoir de l'influence sur nos destinées, mais enfin c'est sa croyance à lui, et s'il ne la cueille pas au moment désigné, il perdra tout courage, regardera sa mort comme certaine et souffrira des maux atroces! Pauvre grand-père! Et peut-être ne lui faut-il cependant qu'un peu de courage pour supporter ces douleurs en attendant qu'il nous revienne. Ah! je le jure, il aura la pervenche, il pourra la cueillir.

Une fois sa résolution prise, il sécha ses larmes; ses angoisses le quittèrent; il avait un but désormais vers lequel il pouvait concentrer toute l'activité de son esprit, et sa jeune intelligence en fut tout entière absorbée. Il ne savait pas encore comment il pourrait parvenir jusqu'à la prison du vieillard; mais il avait une volonté, cette puissance qui nous soumet et l'ame des autres hommes et la nature entière, ce don mystérieux, le plus rare que le Ciel ait fait aux mortels, et il était certain que cette volonté s'accomplirait. En ce moment, le vieil écuyer apparut sur la terrasse.

— Tu ne saurais arriver plus à propos, Ramée, car je sors et tu vas m'accompagner.

— Grand Dieu ! mon jeune seigneur, quel air étrange vous avez ! Que prétendez-vous faire ? Où allez-vous ?

— Je vais voir comment je pourrai pénétrer dans ce donjon.

— Hélas ! y pensez-vous ? ne savez-vous pas que personne ne peut y entrer sans l'autorisation du roi ?

— C'est ce que nous verrons.

— Vous serez repoussé, injurié, peut-être.

— En ce cas, donne-moi des armes.

— Des armes ! vous voulez donc vous perdre ?

— Non, me défendre !

— Bon Dieu ! quelles sont donc vos intentions ?

— Que t'importe ?

— Au nom de votre père !...

— Veux-tu me suivre ou me laisser partir seul ?

— Je vous suis, je vous suis ! et, du moins, s'il vous plaît d'aller vous faire casser la tête....

— Eh bien ?

— Alors, il ne sera pas dit que je survivrai au malheur de tous mes maîtres.

— C'est bien, Ramée ! Ma petite dague, et partons !

Gaston, accompagné de Ramée, sortit précipitamment du château, et, prenant le chemin du donjon, il s'y dirigea d'un pas rapide. A l'aspect des sombres fortifications qui en défendaient l'approche, le pauvre enfant se sentit près de chanceler, car son courage et sa résolution l'abandonnaient. Mais l'idée que son grand-père se croirait perdu, s'il ne cueillait pas la pervenche, lui rendit une soudaine énergie. Il s'avança résolument vers les sentinelles ; mais les premières auxquelles il s'adressa, le repoussèrent rudement. Rien ne put cependant le rebuter. Il allait de l'une à l'autre, suppliant, et les larmes aux yeux ; ni ses prières, ni ses pleurs ne purent fléchir ces hommes que leur devoir rendait inexorables, mais non pas insensibles aux larmes de l'enfant. Malgré sa persévérance, il n'essuya donc que des refus. Enfin, découragé, il vint s'asseoir à côté du vieux domestique, sur une pierre, à quelques pas de l'entrée de la forteresse. Un profond abattement était peint sur sa figure.

— Et cependant, c'est demain, c'est demain le jour fatal, s'écriait-il. S'il ne cueille pas la fleur de famille, il se croira perdu sans retour !

Vainement, Ramée cherchait-il à le consoler : rien ne pouvait adoucir son désespoir. Ses grands yeux s'arrêtaient effarés sur la tour entourée de murs élevés et garnis de sentinelles. Inaccessible de trois côtés, elle était battue du quatrième par les flots de l'Océan, qui lui servaient de remparts. Des arquebusiers, postés sur le rivage, étaient en outre chargés de surveiller ce côté. Mais tandis qu'ils examinent la prison en tous sens et que ces observations ne servent qu'à les désespérer davantage encore, voici que tout à coup une tête apparaît entre les barreaux d'une fenêtre à l'un des étages supérieurs qui faisaient face à la mer.

— O mon Dieu! mon Dieu! Ramée, regarde donc à cette fenêtre! N'est-pas sa blanche et vénérable chevelure que j'aperçois?

— Ah! c'est lui, c'est lui! Voyez, il nous a reconnus, il agite un mouchoir!

— Oui! c'est lui, s'écria Gaston, ivre de bonheur, en reconnaissant le vieillard. Et l'enfant fit voler dans les airs son petit chapeau, en poussant un cri de joie bien connu du vieillard.

Cette vive allégresse ne fut pas de longue durée, car les sentinelles rendues attentives par le cri de l'enfant, s'aperçurent des signaux du prisonnier et le forcèrent à se retirer. Des larmes roulèrent alors sur la figure du jeune homme. « Hélas! disait-il, c'est encore moi qui le prive du seul plaisir qu'il pouvait goûter dans ce cachot : celui de me voir. » Mais tout à coup, comme s'il eût été saisi d'une inspiration soudaine :

— Regarde donc, s'écria-t-il à Ramée, comme les pierres de ce côté de la tour sont en saillies? Ne dirait-on pas des marches construites tout exprès pour escalader la tour. Une barque, cette nuit, peut aborder jusqu'à la base, et alors rien n'est plus facile que d'arriver jusqu'à la fenêtre du prisonnier. Demain, Ramée, mon grand-père doit y trouver et y cueillir sa pervenche. M'entends-tu, Ramée?

Mais Ramée demeurait stupéfait en songeant à la témérité d'une aussi audacieuse tentative, et ne répondait pas. Il voulut faire des objections, montrer les difficultés de l'entreprise, l'impossibilité de la réussite ; mais Gaston ne l'écoutait pas. Il sautait, il bondissait, il était fou de bonheur, ivre d'allégresse! Ramée restait immobile et confondu à l'aspect des élans du généreux enfant. Il ne comprenait plus, le bon vieillard, tout ce que la pensée d'un noble dévouement peut faire naître de joie à cet âge où l'homme n'a pas encore eu l'occasion de déployer ses forces, de mesurer son génie et son audace, à la grandeur des projets d'une belle ame. Mais l'enfant, s'arrêtant tout à coup et s'approchant du vieil écuyer :

— Ecoute, Ramée, si tu as peur, je ne te force pas à m'accompagner. Je trouverai un autre conducteur pour ma barque.

— Peur ! peur ! s'écria l'écuyer ; oh ! cela est mal, très-mal dans votre bouche, Gaston. Moi, peur ! Il me semblait que depuis trente ans, le vieux Ramée était suffisamment connu au château de Bazas. Peur ! quand il s'agit de l'intérêt de la famille. Mais vous ne savez donc pas que mon plus grand bonheur serait de mourir pour un Bazas ? Oh ! non, car si vous le saviez, vous ne blesseriez pas le cœur d'un vieux serviteur par d'aussi cruelles paroles.

Tout en parlant ainsi, l'écuyer essuyait une larme qui perlait sur ses paupières. Gaston lui-même se sentit ému. Il comprit combien il avait eu tort, et, saisissant dans sa petite main la main rude du vieillard :

— Pardonne, lui dit-il, une parole inconsidérée. Ne sais-tu pas combien je t'aime ? Mon père, mon grand-père et toi, n'êtes-vous pas uniquement aimés de Gaston ?

— Ah ! mon jeune maître, pour prix d'une telle parole, je voudrais pouvoir verser jusqu'à la dernière goutte de mon sang.

Gaston ne répondit pas ; il était trop ému. Tous deux se mirent aussitôt en marche, et rentrèrent au château.

— Je vais préparer la barque, et donner un coup d'œil à mes armes, Monsieur Gaston.

— Très-bien, Ramée, reprit l'enfant, en lui serrant la main.

Et, plus léger que l'hirondelle, il s'élança vers la terrasse, où s'épanouissait la pervenche. Le vieil écuyer le suivait d'un regard attendri.

— Cœur généreux, tête brûlante, disait-il, oh ! que c'est bien un vrai Bazas.

Et il alla tout préparer pour l'expédition.

III

Minuit venait de sonner. La nuit était sombre et ténébreuse ; un vent froid soufflait avec fracas contre le vieux donjon où gémissait le vieillard ; nulle clarté dans les cieux, nul silence sur la terre. Le ciel lui-même semblait vouloir favoriser l'entreprise du généreux enfant.

En ce moment, il voguait sur une barque rapide vers la prison de son vieux grand-père. Dans un étui se trouvait solidement emboîté le petit pot qui contenait la fleur de famille. Toutes les précautions avaient été prises pour qu'elle ne pût se briser dans la périlleuse ascension qu'il allait tenter. Un beau ruban lui permettait de la laisser flotter sur ses épaules sans craindre aucun accident. Mais, à cette heure, il la serrait avec une sorte d'amour sur son cœur. On eût dit qu'elle contenait toute la vie de son grand-père, et que le jeune homme puisait dans cette douce étreinte tout le courage dont il avait besoin pour braver les dangers qu'il allait affronter.

Le donjon était construit au fond d'une espèce de golfe. A droite et à gauche s'avançaient deux caps qui paraissaient en défendre l'approche. Des sentinelles s'y promenaient en silence, attendant impatiemment l'heure du relever. La nuit était si ténébreuse, qu'on ne pouvait qu'à grand'peine les apercevoir, et le vent soufflait avec tant de violence, qu'on n'entendait que rarement le bruit que faisaient leurs armes à chacun de leurs pas. Jusqu'alors, Gaston avait porté une attention si soutenue à épier le moindre signe d'alarme, Ramée avait déployé tant de prudence, que la barque atteignait presque au pied de la tour, sans avoir été découverte. Mais il leur fallait passer en face des deux stations des sentinelles, et le péril devenait imminent. Un instant, le vieux serviteur hésite dans la crainte d'être découvert. Mais l'enfant intrépide, lui plaçant la main sur l'épaule :

— Un vigoureux coup d'aviron, Ramée, et à la garde de Dieu !

Ramée obéit aveuglément. L'onde écume et rejaillit autour de la barque. Mais, au même instant, elle est assaillie par un violent coup de vent qui la pousse jusque contre la muraille avec un bruit sourd.

— Sentinelle, prenez garde à vous! crie une voix des postes avancés.

— Sentinelle, prenez garde à vous! répète une autre voix du côté opposé.

Un instant, Gaston se croit découvert. Mais il n'en est rien, car les flots soulevés par le coup de vent s'étaient agités avec un tel fracas, que leur bruit seul était arrivé jusqu'aux soldats.

— Quel vacarme! dit l'un d'eux. La nuit ne se passera pas sans tempête. Il fait si sombre, qu'à peine peut-on s'apercevoir à dix pas.

— Que satan t'emporte! répondit un d'entre eux. Il ferait meilleur au foyer d'un bon feu qu'en ces lieux maudits.

— Je ne souhaiterais que pour quelques heures le ministre à ma place, dit un troisième. Il verrait, s'il fait aussi doux ici que dans sa résidence royale.

Et pendant qu'ils parlent ainsi, Gaston gravit le roc escarpé. Il monte lentement sans bruit et dans le plus profond silence. Un courage plus qu'humain semble animer sa frêle organisation. De degrés en degrés, il s'élève et se rapproche de la fenêtre du vieillard aimé. Mais pénible et difficile est cette périlleuse ascension. Sous son pied, le roc semble céder bien souvent. Les brouillards de la nuit ont rendu la pierre humide et glissante. Mille fois il a déjà failli rouler dans l'abîme. Une sueur froide inonde son jeune front; sa poitrine est haletante. Il lève vers les cieux ses regards effrayés, car s'il les abaissait, la hauteur du gouffre lui donnerait des vertiges. Et cependant un seul pas mal assuré peut causer sa perte. Une seul bouffée de vent, en s'engouffrant entre la pierre et lui, peut l'en détacher et le plonger dans la mort. Mais rien ne saurait l'arrêter. Il monte, il monte, et sans cesse et toujours! Son courage le soutient. La sublimité de son dévouement lui communique une ardeur sublime.

Pendant ce temps Ramée le contemplait d'en bas. Plus il s'élevait, et plus le vieux serviteur devenait inquiet. Il épie d'un œil avide chacun de ses mouvements. Les yeux fixés sur Gaston, il le suit avec angoisse. Sa poitrine est oppressée d'un poids terrible. A chaque vacillation de son jeune maître, il étend les bras comme pour le recevoir. Il ne pense plus ni à la mer, ni aux sentinelles. Son ame est tout entière attachée à chacun des pas de son seigneur. Il frémit, il pâlit, il ferme les yeux de terreur, puis les rouvre aussitôt sous l'influence d'une crainte plus grande. Il ne sait plus où il est, ni ce qu'il fait, et, malgré lui, des mots incohérents s'échappent de ses lèvres.

Courageux enfant... le voilà qui chancèle!... Mais non, il monte! il monte! O mon Dieu! mon Dieu!... Ayez pitié de lui, Seigneur!... Bonne sainte Vierge, protégez-le!... Ah! ciel, c'est fini! le pied lui manque!... Non, non, il touche aux barreaux de la fenêtre... il s'y cramponne... il est sauvé, il est sauvé!... La fleur, la fleur de famille!... Le vieillard ne mourra pas! Ah! le voilà qui descend!... O saints anges, soutenez-le!

— N'as-tu rien entendu? dit un arquebusier à son camarade.

— Moi? non. Le vent aura sans doute...

— Ouais!... le vent? Regarde-moi donc cela au pied de la tour.

— Tu as, par Dieu, raison! Voilà une grosse masse noire qui m'a tout l'air d'un spectre vivant.

— C'est un homme! c'est un homme!

— Et une barque!...

— Vite, un coup d'arquebuse.

— Mais on y voit à peine.

— Essaie toujours.

Le coup partit. Un cri aigu, déchirant, se fit entendre. Puis, quelque chose, comme un corps lourd, tomba dans la mer. Puis tout redevint silence, et l'on n'entendit plus rien que le vent qui fouettait les flots et les murailles.

— Bien visé! s'écrie un soldat. Mais que serait-ce bien? un animal marin, un spectre ou un homme? Si seulement on pouvait y voir.

Pendant qu'ils parlaient ainsi, le coup d'arquebuse, répété de distance en distance, réveillait tous les fonctionnaires du donjon. En un instant, le gouverneur est sur pied. Instruit de la cause du bruit, il s'élance avec la rapidité de l'éclair jusqu'à l'extrémité du cap le plus avancé. Il aperçoit une barque qui s'éloigne et crie d'une voix vibrante de faire feu sur le frêle esquif. Les détonations se multiplient, mais sans résultat, car, lorsque la fumée, produite par la poudre, se fut dissipée, on n'aperçut plus rien : la nef avait gagné le large.

— C'est un prisonnier qui s'est échappé! s'écria le gouverneur. Je suis perdu; jamais on ne pardonne une évasion!

Il ordonne aussitôt une visite dans toutes les prisons; mais personne ne manquait. Il sentit alors qu'un poids énorme était ôté de sa poitrine; il respira plus à l'aise; la sueur cessa de perler sur son front; le sourire reparut sur ses lèvres. Rassuré par son inspection, laissant la sérénité renaître dans son ame et sur ses traits, le gouverneur se préparait à regagner son appartement, lorsque tout à coup il songea au vieux baron de Bazas. C'était le seul qu'il n'eût pas troublé dans son sommeil, mais comment supposer qu'un vieillard octogénaire ait songé à la fuite en descendant de roc en roc par une voie où la personne la plus agile se serait cent fois brisé les membres avant d'arriver au bas du rocher? Et le vieillard, qui pouvait à peine se soutenir sur ses jambes, l'aurait tenté? C'était tellement impossible qu'il y avait folie, rien qu'à le supposer. Et cependant le fonctionnaire vigilant s'arrêta aussi devant la cellule de son prisonnier avant d'en ouvrir la porte. Le vieillard avait été éveillé par tous ces bruits; il parlait à haute voix.

— Gaucher de Bazas, disait-il d'une voix altérée, j'aurai ton sort. Une mort, une mort horrible. Pendu peut-être!... écartelé... Vingt-cinq mars... La pervenche!...

— Pauvre fou, se dit le gouverneur en s'éloignant. Oh! le ministre est bien sévère.

Mais le vieillard ne se rendormit pas. Il pensa, le reste de la nuit, à ce terrible lendemain, où il ne pourrait cueillir sa fleur chérie.

— Jusqu'aujourd'hui je n'y avais jamais manqué, disait-il d'une voix lamentable, et j'ai traversé, sain et sauf, toutes les faces des guerres civiles. Mais maintenant?... Encore si le malheur ne menaçait que moi! Mais mon fils! mais Gaston! Ah! nous sommes tous menacés. Notre famille, si longtemps florissante, va donc enfin s'éteindre.

Peut-être pourrai-je voir encore le dernier rejeton de ma race expirer sous mes yeux. O mon Dieu ! mon Dieu ! ayez pitié d'un pauvre vieillard !

Et tout en parlant ainsi, le vieux baron passait sur son front sa main alourdie comme pour en chasser ces préoccupations funestes. Sa tête affaiblie succombait sous le poids de mille souvenirs, qui revenaient en foule assaillir son imagination malade. C'était toute l'histoire d'un siècle sanglant qui lui apparaissait tout à coup comme un spectre horrible, un épouvantable cauchemar. Les drames politiques, dont il avait été un des acteurs les plus audacieux et les plus indépendants, revenaient frapper sa mémoire avec une violence d'autant plus terrible qu'ils étaient restés plus longtemps comme oubliés. Mais tous ces souvenirs reparaissaient sans ordre, confus, comme ces fantômes qui surgissent à nos regards pendant un rêve affreux. C'étaient des mares de sang répandues autour de lui ; des coups de feu retentissant à ses oreilles ; des bûchers se dressaient devant ses yeux ; il entendait des cris de détresse, des râles de mourants. Et d'horreur, ses cheveux se dressaient sur sa tête. Des mots sans suite exprimaient le désordre de ses pensées.

Le vieillard se leva tout à coup. Sa figure était horriblement contractée. Epuisé, il retomba sur son siége. Puis, comme s'il eût été mu par un ressort, il se leva de nouveau. Ses yeux étaient hagards ; son front dégouttait de sueur ; tous ses membres tremblaient. Il se dirige vers la fenêtre pour l'entr'ouvrir, afin d'aspirer un peu l'air frais du matin, car tous ses membres tremblaient. Mais, grand Dieu ! qu'aperçoit-il ? Est-ce un rêve ? Est-ce un miracle ? Là, devant lui, sous sa main, fraîche, épanouie, humide de perles de rosée, une pervenche d'une incomparable beauté étale sa corolle parfumée. Il demeure quelque temps muet de surprise et de saisissement. Puis, tombant à genoux, les mains jointes, les regards levés vers le ciel, il dit d'une voix défaillante de bonheur :

— C'est donc vrai, je ne me trompe point ; ce n'est pas une illusion. Oh ! merci, merci ! mon Dieu ! Mais qu'ai-je donc fait pour mériter une telle faveur, pour que vous ayez daigné avoir pitié d'un pauvre vieillard ? Ah ! jusqu'à mon dernier soupir.

Et d'une main tremblante, il cueille la fleur miraculeuse, la fleur de famille. Depuis bien des années, il n'a pas joui d'un tel bonheur. Il la serre sur sa poitrine, il la baise, il en aspire les parfums qui lui paraissent d'une inexprimable suavité.

— Ah ! maintenant je ne crains plus rien ! s'écrie-t-il avec enthousiasme. Le bonheur ! le bonheur ! voilà ce que m'annonce ce prodige. Certainement Dieu ne l'a pas mise là pour rien. Qui sait, si demain je ne serai pas libre ?

Ce ne fut pas le lendemain, mais le jour même que le vieillard reçut la nouvelle de sa mise en liberté, car Richelieu n'avait jamais eu l'intention de punir un vénérable vieillard pour les fautes de son fils.

— J'en étais sûr, dit le vieillard lorsqu'on lui ouvrit la porte de son cachot. N'ai-je pas aujourd'hui même cueilli la pervenche?

Tout en regagnant son château, appuyé sur le bras d'un des domestiques du gouverneur, le baron pensait à son petit-fils.

— Sera-t-il heureux de me revoir, le pauvre enfant? Comme il avait l'air triste, lorsque je l'aperçus de la fenêtre de ma prison! Oh! qu'il a dû souffrir! Mais maintenant qu'il va m'embrasser, quel bonheur!

Il sentait les larmes humecter ses paupières, rien qu'en pensant au bonheur de son fils. Tout à coup il aperçoit Gaston qui s'élance de la terrasse et qui vole vers lui avec la rapidité de l'hirondelle effleurant la surface des flots. Bientôt il est dans ses bras, il le couvre de baisers, il pleure, il rit, il lui baise la chevelure, les joues, les mains, c'est une joie folle, c'est un délire. Le vieux baron le serre sur son cœur avec ivresse. On aurait dit qu'ils s'étaient quittés depuis des siècles. Il passait sa main, jadis si vaillante, dans la chevelure de l'enfant, l'embrassait, admirait sa beauté et ne pouvait se rassasier de le voir. Mais ce fut bien pis encore, quand il apprit de la bouche même de Gaston, au prix de quel dévouement il avait pu cueillir la pervenche. Le pauvre vieillard n'y tenait plus de bonheur.

— Ah! c'est beau, bien beau ce que tu as fait là! s'écriait-il. Tu feras honneur à notre sang. Ah! maintenant je ne crains plus de mourir; notre nom, gardé par toi, ne saurait périr. Jamais une tache n'en souillera l'éclat, tant qu'il sera porté par mon Gaston.

Mais pendant que le vieux baron s'abandonnait aux transports de son ame, il s'aperçut tout à coup que Ramée, dont Gaston lui avait tant parlé dans le cours de son récit, n'était pas auprès d'eux. Il en manifesta sa surprise.

— Allons vite le rendre bien heureux, s'écria Gaston en entraînant son grand-père.

Et de ce pas, il le conduisit dans l'appartement du vieil écuyer, que l'enfant n'avait pas quitté depuis la veille.

— Au moment où je posais la fleur sur ta fenêtre, grand-père, il crut me voir chanceler, poussa un cri auquel répondit un coup de feu qui lui fracassa la jambe. Je l'ai fait soigner par le médecin, mais il est toujours en délire; il ne parle que de prison, de dangers, d'abîmes, de tours, de coups de feu. Il voudrait toujours donner sa vie pour nous.

Le vieillard fut saisi de pitié, en voyant dans cet état son vieux serviteur. Il ne quitta plus le chevet de son lit, ainsi que Gaston. Tous deux se relevaient tour à tour. En peu de temps, ces soins empressés rendirent le fidèle serviteur au sentiment de l'existence; son bonheur fut grand alors, mais inférieur encore au sentiment de la reconnaissance qui débordait de sa belle ame. Bientôt, enfin, le bonheur de la noble famille fut complet. Le roi Louis XIII, auquel on fit le récit de cette histoire, gracia le fils du baron, Hector de Bazas, qui désormais s'abstint de prendre part aux révoltes que l'esprit remuant des seigneurs suscita encore pendant quelque temps dans le royaume, jusqu'au jour où commença l'illustre règne du grand roi, de Louis XIV.

IRMA.

C'était en Sibérie. Dans une humble maisonnette de proscrit, assises autour d'un faible feu de bois vert pétillant dans l'âtre, se tenaient deux femmes dont l'aspect révélait, au premier abord, beaucoup de douleurs et de souffrances cachées. L'une d'entre elles paraissait avoir dépassé la moitié du cours ordinaire de la vie. Sa figure déjà couverte de quelques rides précoces, devait avoir été belle au printemps de ses jours. Dans son grand œil, humide et voilé, se reflétait toute l'énergie d'une ame longtemps opprimée, et sans cesse en lutte avec le sort funeste par lequel la Providence avait voulu l'éprouver. La douleur avait communiqué à son caractère quelque chose d'étrange et d'inexplicable, qui était comme un mélange d'irritation et de rébellion, adouci par je ne sais quel mysticisme religieux qui la portait à se soumettre avec résignation aux événements qu'elle ne pouvait changer. Yzélide avait autrefois connu des jours meilleurs et plus heureux. Alors elle s'asseyait aux pieds du trône de sa souveraine, et, parmi toutes les dames de la cour, peu jouissaient d'autant de puissance sur le cœur de l'impératrice. Que d'enivrements, que d'orgueil, que d'ambition n'avait-elle pas ressentis au milieu de cette brillante prospérité? Et depuis, quels revers inattendus, quelle misère profonde, quel abandon, quel dénuement de toutes les choses les plus nécessaires à la vie? Ayant poussé son mari à tenter un audacieux coup d'état contre le gouvernement impérial, elle l'avait vu échouer, et la proscription avait été le châtiment infligé à sa présomption. Yzélide avait suivi courageusement son époux dans l'exil; mais jamais elle n'avait pu oublier le souvenir de sa grandeur passée, et, quand elle la comparaît à sa misère présente, son cœur, débordant de douleurs, laissait jaillir des torrents de larmes.

Irma, sa fille, était un tout autre caractère. Vertueuse et bonne, le Ciel l'avait douée d'une piété angélique, d'une incomparable douceur de mœurs, et d'une tendresse de cœur qui faisait de toute sa vie un sacrifice perpétuel à ses parents infortunés. Elevée dans l'exil, pendant toute son enfance elle n'avait pas même eu l'idée d'une condition meilleure que la sienne. Pour elle, le bonheur n'avait consisté que dans la tendresse de ses parents, l'amitié de leurs voisins, et l'amour de son Dieu. Enfant, elle s'amusait l'hiver à travailler aux côtés de sa mère, à construire de petites chapelles, à écouter les récits de son père, et souvent elle se laissait aller à de longues rêveries en pensant à cette cour dont lui parlait se mère, et qu'elle ne comprenait pas qu'on pût tant regretter. Puis, quand le beau temps venait réjouir ces tristes campagnes, elle courait à travers les forêts de pins, de bouleaux, de peupliers, cueillir çà et là la gentiane printanière, la valériane de Sibérie, et l'immortelle des bois, qui étalent leurs fleurs superbes jusqu'au milieu des neiges. Mais c'était surtout quand elle revenait chargée des grosses fraises jaunes de ces climats, si appétissantes à l'œil, si parfumées au goût, qu'elle se sentait toute heureuse et reparaissait rayonnante de pouvoir procurer à ses parents une douce jouissance.

Mais en grandissant, Irma ne tarda pas à s'apercevoir que la faible rétribution accordée à tout exilé qui n'était pas condamné aux travaux publics, ne pouvait plus suffire à l'entretien de la famille. Dès lors, elle résolut de ne plus être à charge à ses parents. Elle dit adieu à ses jeux enfantins, à ses promenades dans les bois, aux doux plaisirs que lui procurait son attrait pour la belle nature. Elle demanda du travail à tous ceux qui pouvaient lui en donner ; elle se mit à aider les blanchisseuses et les moissonneurs; aucune des rudes occupations d'une vie laborieuse et pénible ne l'effraya, et rien n'égalait son bonheur quand, le soir, elle revenait chargée d'œufs frais, de fruits succulents, de nombreux légumes qu'on lui donnait en échange de ses services. Mais ce qui faisait le noble orgueil et la félicité de cette bonne jeune fille était précisément ce qui humiliait et brisait le cœur de ses parents. Ils pleuraient en secret de voir ainsi leur fille chérie descendre au rang d'une misérable ouvrière, elle qui était née dans la pourpre sur les marches du trône. Les deux époux sanglotaient en pensant à leur prospérité et à leur splendeur passée. Ivan surtout supportait toutes les douleurs de l'exil avec une mortelle impatience. Sans cesse, il avait présent à l'esprit le souvenir d'une existence meilleure, et ce souvenir le tuait insensiblement. Mais c'était surtout pour sa fille, qu'il aimait avec passion, que ces amers regrets s'échappaient de son ame. Dans l'univers entier, il ne voyait plus qu'elle et l'horrible avenir qui l'attendait. Alors il se jetait aux pieds de Dieu, répandait des torrents de larmes, se meurtrissait la poitrine, et demandait à grands cris la fin de son cruel exil. Souvent Irma l'avait surpris se désolant de la sorte, et lentement elle avait senti grandir et se développer au fond de son cœur une résolution énergique, inébranlable, de rendre à son père sa terre de prédilection, car elle ne savait point que c'était pour elle qu'il souffrait de si poignantes angoisses. Le noble enfant ne comprenait qu'une chose, c'est que pour lui et pour sa mère, l'exil était un malheur.

Mais pour procurer le bonheur et la joie aux auteurs de ses jours, il fallait se rendre à la résidence du Tzar ; car, seul, il pouvait faire cesser l'arrêt de proscription qui pesait sur son père comme un linceuil de plomb. Pour cette noble et sublime enfant, le plus difficile n'était pas de faire le voyage, mais bien d'arracher à ses parents la permission de partir, qu'elle tremblait de ne pouvoir obtenir. N'était-elle pas leur seul soutien, leur unique consolation sur la terre? Comment pourraient-ils lui permettre d'entreprendre un voyage où elle pouvait courir mille périls de mort avant de parvenir à sa destination? Et que deviendraient-ils sans leur fille, si jamais elle allait succomber en chemin? Toutes ces pensées se pressaient en foule dans le cœur de la sublime enfant, et l'abreuvaient de tristesse. Elle tremblait de confier ses desseins à ceux-là seuls qui pouvaient l'autoriser à les accomplir. Dans sa douleur, elle se jetait aux pieds de son crucifix, et, là, le visage tout baigné de larmes, elle suppliait longtemps le Ciel de fortifier sa résolution et de donner à ses lèvres ce doux accent de persuasion qui devait lui obtenir le consentement de ses parents. Un jour qu'elle venait ainsi d'épancher son ame dans le sein de Dieu, elle se sentit plus affermie que jamais, et crut entendre une voix intérieure qui l'assurait du consentement des êtres qu'elle aimait uniquement sur la terre. Elle résolut de s'ouvrir d'abord à sa mère, et c'était dans ce dessein, que, profitant d'un jour où son père se trouvait à la chasse, elle était rentrée de meilleure heure que de coutume, et se trouvait seule à seule aux côtés de celle qui lui avait donné la vie. Longtemps les deux femmes demeurèrent muettes et silencieuses. Yzélide rêvait aux jours évanouis, et des larmes lui venaient aux yeux quand elle abaissait un long regard de tendresse et d'amour sur son enfant chérie. Irma n'était point émue ; son cœur battait avec violence dans sa poitrine; des larmes commençaient aussi à couler de ses paupières; et ce n'était qu'avec des peines infinies qu'elle parvenait à réprimer les sanglots qui l'étouffaient. Tout à coup la mère crut entendre un gémissement sortir du sein de son ange. Elle tressaille, lève sur elle un regard avide et l'aperçoit tout en larmes. Son cœur maternel en est ému profondément. Elle tend ses bras à sa fille, qui se précipite sur son cœur en s'abandonnant aux pleurs et aux gémissements qu'elle avait si longtemps comprimés.

— Chère enfant, s'écrie la mère épouvantée, qu'as-tu donc? T'aurions-nous causé quelque chagrin? Oh! dans ce cas, pardonne à tes vieux parents tous les torts qu'ils pourraient avoir à ton égard. Tu sais combien nous t'aimons, ton père et moi. Pour toi, nous donnerions volontiers notre vie, notre bonheur, tout ce qui dépend de nous. Tu es notre consolation, notre félicité, notre unique espérance. Sans toi, il y a longtemps que nous serions descendus dans la tombe. Ne crains donc pas, ma chère fille, de confier toutes tes peines à ta mère. Tu souffres maintenant comme nous, tu ne saurais le nier. Ouvre-moi ton cœur, ma chère enfant, mon Irma chérie! Tu trouveras dans ta mère la plus indulgente et la meilleure des amies. Parle, quelle est la cause de tes larmes et de tes chagrins?

Mais Irma ne pouvait répondre. Elle couvrait sa mère de larmes brûlantes et de mille affectueux baisers. Elle pleurait et sanglotait de plus en plus fort, et sa mère, vaincue par la violence de l'émotion, s'abandonna de même aux pleurs et aux sanglots. Enfin la jeune fille tombant aux pieds de sa mère, la conjura de lui permettre d'accomplir un dessein que le Ciel même lui avait inspiré. Elle ne voulait le lui révéler que quand elle aurait obtenu la permission de pouvoir l'accomplir. Elle l'assura qu'il n'avait rien que de pur, que de noble et de légitime. En vain la mère voulut-elle d'abord pénétrer ce mystère, la généreuse enfant refusa, pour la première fois de sa vie, d'obéir à l'ordre formel de sa mère. Mais il y avait tant d'amour dans ses regards, tant de persuasion sur ses lèvres, tant de larmes sur ses joues et de chagrins sur ses traits et dans son cœur, que la pauvre mère finit par promettre qu'elle ne s'opposerait pas à la réalisation de ses desseins. Aussitôt la jeune fille lui avoua tout. Alors vous eussiez pu voir avec quel transport d'admiration cette pauvre mère pressa son enfant sur son cœur, quoiqu'elle le sentît se briser à la seule pensée de devoir se séparer de sa fille. Pendant quelques instants, on n'entendit plus que des gémissements et des sanglots dans la pauvre chaumière. Toutes deux, serrées dans les bras l'une de l'autre, restèrent longtemps pressées dans une ineffable étreinte. Pas une parole ne sortait de leurs lèvres; mais leurs regards et les battements de leur cœur leur en disaient plus que n'auraient pu faire les plus brillants discours.

Ivan rentrant au milieu des scènes que nous venons de peindre, voulut connaître la cause de toutes ces émotions. Yzélide lui raconta tout. D'abord il ne répondit à ce projet chimérique que par des plaisanteries. Irma fut profondément affectée de voir ainsi tourner en ridicule l'idée de son noble et généreux dévouement. Ses larmes recommencèrent. Le père, à son tour, ne put voir cette amère douleur sans se sentir attendri. Il se mit à consoler sa fille de la peine qu'il venait de lui causer. Celle-ci lui répondit avec cette chaude éloquence qu'inspire une résolution sublime. Son père l'embrassa avec passion ; la remercia du généreux dévouement qu'elle venait de lui révéler; lui dit que cette résolution magnanime, en lui dévoilant toute la grandeur de sa belle ame, la lui rendait mille fois plus chère encore; qu'il l'appréciait d'autant plus qu'elle faisait de plus grands efforts pour obtenir de pouvoir se sacrifier, et qu'ainsi son ardeur de dévouement, loin de contribuer à lui faire obtenir l'objet de ses désirs, avait précisément un effet opposé. Il la suppliait donc de ne plus s'occuper d'un projet d'ailleurs inexécutable, car jamais il n'aurait le triste courage de se séparer de sa fille, et de la laisser s'exposer à mille périls mortels.

— Eh bien! je consens à renoncer à mes desseins, s'écria la jeune fille en larmes; mais seulement à une condition: c'est que désormais mon père ne pleurera plus l'amertume des douleurs de l'exil. Au plus petit soupir, à la moindre marque de regret et de douleur, je n'écouterai plus que la voix de Dieu qui m'appelle et je partirai.

— Et moi, dit le père, je prends l'engagement d'avoir à l'avenir plus de fermeté et de courage.

— Et de me laisser partir, si tu ne peux te résigner à la proscription qui te frappe?

— Et de te laisser partir! s'écria le père en se laissant tomber dans les bras de sa noble fille qu'il pressa de nouveau avec effusion sur sa poitrine.

Après ces scènes attendrissantes, quelques semaines se passèrent pendant lesquelles les deux exilés ne regrettèrent plus leur prospérité d'autre fois et le doux sol de la patrie. Mais peu à peu la tristesse revint dans la pauvre cabane. Sans cesse ramenés, par la pensée, vers des temps plus heureux, les deux proscrits pleurèrent de rechef. Plus leur fille leur paraissait digne d'un trône, plus ils regrettaient de ne pouvoir lui transmettre leur splendeur d'autrefois. Irma s'aperçut bientôt des larmes et des regrets que s'efforçaient de cacher ceux qui lui avaient donné le jour. Dès ce moment, sa résolution fut invariablement fixée; elle ne voulut plus retarder davantage l'instant de son départ.

Malheureusement aucun habitant ne pouvait sortir de la bourgade sans une permission formelle, délivrée par le chef militaire de la province. Décidée à ne rien dire à ses parents avant l'instant de la séparation, elle résolut de s'adresser elle-même au gouverneur. La réponse se fit longtemps attendre. Chaque jour l'impatiente enfant allait guetter l'arrivée du courrier; mais chaque fois aussi le courrier n'avait rien pour elle. Elle s'en retournait alors le cœur gros d'angoisses, les larmes dans les yeux, et l'abattement sur tous les traits. Vainement son père et sa mère l'interrogeaient-ils dans ces instants pour connaître la cause de ses chagrins; jamais ils ne purent obtenir le moindre éclaircissement. Cependant l'enfant dépérissait de jour en jour; l'inquiétude et le désespoir la minaient sourdement. Elle écrivit de nouveau, mais le silence fut encore la seule réponse qu'elle obtint. Triste et abattue on la vit, à partir de ce moment, ne plus prendre part à aucune réjouissance. Elle fuyait la société des jeunes compagnes de son âge; elle recherchait de préférence la solitude et s'y abîmait dans de sombres rêveries. Quelquefois aussi elle se rendait aux chapelles dressées dans les campagnes voisines et là demeurait de longues heures en prière, suppliant le Ciel de lui fournir les moyens de se dévouer à ses parents infortunés.

Un jour, comme elle était ainsi baignée dans ses larmes, elle vit tout à coup venir à elle une belle jeune fille qui la salua avec bonté. Ses cheveux enfermés dans un turban d'une éclatante beauté, avaient la couleur du jais. D'épaisses fourrures emprisonnaient ses membres souples et délicats. Il suffisait de la voir pour que le cœur fût ému d'une douce sympathie à son égard; aussi notre héroïne, timide comme elle était, demeura-t-elle dans l'extase de l'admiration devant la gracieuse inconnue qui lui disait en souriant avec un enjouement plein d'une dignité céleste :

— Jeune fille, ma présence en ces lieux t'étonne; mais, je t'en prie, remets-toi de ton émotion et daigne me dire si le bourg que j'aperçois dans le lointain est bien celui de Prascow où je dois me rendre avant le coucher du soleil?

— La bourgade que vous apercevez, belle étrangère, est bien celle dont vous venez de prononcer le nom, et, si vous vouliez me permettre de vous accompagner, ce serait avec le plus grand bonheur que je m'empresserais de vous y conduire.

— Vous y demeurez, sans doute?

— Précisément.

— Alors vous devez connaître la demeure qu'habite avec sa femme et sa jeune fille, ange de vertu, dit-on, un exilé nommé Ivan, jadis illustre à la cour impériale.

— Nul guide ne saurait mieux vous y conduire, reprit la jeune Irma radieuse de plaisir, je suis sa fille.

— C'est donc à vous que je dois remettre cette dépêche du gouverneur de la province.

Irma saisit d'une main tremblante la lettre du gouverneur, la pressa sur son cœur avec transport, et la couvrit de mille baisers. Des larmes de joie brillaient dans son regard. Elle lut avec bonheur la lettre qui lui permettait d'accomplir ses généreux desseins, et, tombant à genoux, elle remercia le Ciel d'avoir enfin exaucé ses prières. L'étrangère qui la contemplait avec admiration, ne pouvait retenir les larmes d'attendrissement qui venaient humecter ses paupières. Irma lui dit tout à coup :

— Bonne étrangère, d'où êtes-vous? où allez-vous? comment se fait-il que vous soyez chargée de me remettre cette missive, hélas! depuis si longtemps attendue?

— Je suis une fille du peuple de la capitale même de cette province, répondit l'inconnue, je me rends à Saint-Pétersbourg pour y implorer la grâce d'un père malheureux. En me remettant mon sauf-conduit, notre gouverneur m'apprit que, sur ma route, je pourrais trouver une jeune fille qui me suivrait volontiers dans ce long et périlleux voyage, si je consentais à l'accompagner. Je fus ravie de joie à cette nouvelle, et je me chargeai de vous remettre le sauf-conduit que vous lui aviez demandé.

— Oh! alors soyez bénie, mille fois bénie, s'écria la jeune fille au comble du bonheur. Et, s'élançant au cou de l'étrangère, elle l'embrassa comme une sœur, et lui raconta le véritable état de sa situation.

— Vous m'aiderez, lui disait-elle, à fléchir la résistance de mes parents, et je vous en saurais une éternelle reconnaissance.

Les deux jeunes filles se dirigèrent ensuite, en toute hâte, vers la demeure des proscrits, car les montagnes commençaient à épancher leurs ombres plus grandes sur la terre. Ivan et son épouse accueillirent la belle inconnue avec des marques d'une généreuse cordialité. Ce ne fut pas sans étonnement qu'ils apprirent le motif de sa visite. Ils voulurent bien encore résister; ils s'abaissèrent même jusqu'aux prières, conjurant leur fille de ne pas les abandonner; mais rien ne pouvait plus la retenir, depuis qu'elle possédait le précieux papier qui lui ouvrait les voies de Saint-Pétersbourg. Les parents finirent enfin par céder aux instances des deux jeunes filles, tant ils étaient émus d'admiration en les voyant si résolues. On fit donc à la hâte les petits préparatifs du départ. Il devait avoir lieu un jour de fête de la Vierge, qui était aussi le jour de naissance de la jeune Sibérienne. Irma venait d'atteindre sa seizième année.

Il faut renoncer à peindre la douloureuse séparation qui allait arracher cette héroïque enfant à ses parents chéris. Un religieux silence précéda le moment de la sortie de cette jeune fille du doux nid où elle était née, où s'étaient écoulées sa tendre enfance et sa pieuse adolescence. C'était là qu'elle avait grandi, qu'elle avait aimé, que son esprit et son cœur s'étaient développés. Elle jeta un dernier regard d'adieu sur tous les objets de la modeste cabane, puis elle l'arrêta avec amour et angoisse sur les auteurs de ses jours dont elle allait se séparer pour la première fois de sa vie. Entre ceux qui restaient et celle qui partait pour accomplir sa sainte mission filiale, ce pouvait être un adieu éternel. Aussi les paroles de consolation terrestre expirèrent-elles sur les lèvres des parents. On se pressa les mains silencieusement sans une larme, car les yeux n'en avaient plus. Le père et la mère ne purent aller au-delà du seuil de la porte. Là, ils pressèrent une dernière fois sur leur cœur leur fille chérie qui les couvrit de caresses et de baisers attendrissants. Ces inconsolables parents ne cessaient de la recommander à l'inconnue qui leur répondait en souriant :

— Ne craignez rien, je vous la ramènerai dans le même état que vous la voyez à votre départ, mais heureuse et fière d'avoir obtenu votre grâce.

Le vieil Ivan fit alors un dernier adieu aux deux jeunes filles, en disant :

— Que votre voyage soit heureux ! puisse le Seigneur vous accompagner et veiller sur vous !

Les deux jeunes filles s'éloignèrent aussitôt; mais bien des fois elles se détournèrent pour regarder une dernière fois les vieux parents, jusqu'à ce que les détours du chemin les dérobassent à leurs regards.

Dès que les vieillards furent rentrés, la mère se mit à pleurer en gémissant. Elle s'écriait dans sa douleur :

— Avons-nous bien fait de laisser s'éloigner notre enfant ! Qui sait si nous devons jamais la revoir ; si elle parviendra à surmonter les périls de ce long voyage ? Ah ! nous nous sommes enlevé le soutien de notre vieillesse et notre seul consolation, en l'éloignant de nous. Dieu nous punira d'avoir tant regretté nos grandeurs passées ; ce n'est pas son bonheur, c'est notre seul égoïsme que nous avons voulu dans tout cela. Le peu que nous avions lui suffisait ; elle ne connaissait point d'autre grandeur et nous pouvions regarder comme une assez grande richesse celle de posséder un tel trésor et d'avoir sans cesse notre fille auprès de nous.

Ivan lui répondait :

— Chère femme, c'est Dieu qui l'a voulu ; ne pleure donc pas, car s'il est le Dieu qui éprouve, il est aussi celui qui récompense. Il saura bien nous rendre notre enfant, et, peut-être, avec elle notre fortune d'autrefois, qui deviendra le prix de sa piété filiale.

En entendant ces paroles, l'espérance rentra dans le cœur de la mère. Elle ne songea plus qu'à implorer le Ciel pour le succès de ce long voyage.

Pendant ce temps, Irma s'éloignait des lieux de sa naissance, le cœur gros de regrets et de souffrances. Elle jetait un dernier regard sur ces campagnes qu'elle avait tant de fois parcourues; sur le ruisseau, où elle venait laver ses robes; sur les forêts qu'elle aimait passionnément; puis elle rêvait à ses jeunes compagnes: à son père et à sa mère, et des gémissements continus s'échappaient de son sein. Mais, à mesure qu'elle s'éloignait, son courage renaissait, et les bonnes paroles d'Eleska, sa compagne, la fortifiaient et la ranimaient.

Nous ne raconterons pas toutes les épreuves qu'Irma eut à subir dans son voyage. La première et la plus cruelle fut celle de la perte de sa compagne. Une nuit, ayant été toutes deux surprises par un orage, elles se réfugièrent sous un sapin qui ne les garantit ni de la rigueur du temps, ni de la pluie. Aux approches du jour toutes deux étaient à demi-mortes de froid et de faim. Elles regardèrent dans le lointain; une immense solitude s'étendait seule devant elles. Elles tentèrent alors de se remettre en marche, mais les forces leur manquèrent. Elles poussèrent de grands cris, l'écho seul leur répondit. Toutes deux s'assirent sur le sol humide, et attendirent la mort. Bientôt Irma vit sa compagne défaillir dans ses bras :

— Chère amie, s'écria l'infortunée, je sens que je vais mourir. Tu possèdes encore quelques forces; dès que je serai morte, prends mes vêtements, joins-les aux tiens pour recouvrer un peu de chaleur, et remets-toi en route. N'oublie pas d'implorer la grâce de mon père, si tu parviens jusqu'au terme de ton voyage.

En achevant ces mots, elle serra une dernière fois son amie sur son cœur et expira. Longtemps la fille d'Ivan ne put croire à toute l'étendue de son malheur. Désormais elle était seule et sans soutien au milieu d'une solitude qui ne lui offrait de toute part que l'image de la mort. L'infortunée ne sut d'abord que pleurer, et profondément découragée, elle résolut d'attendre le trépas. Mais ayant tout à coup pensé à son père et à sa mère, elle se laissa choir sur le cadavre glacé de son amie, la couvrit de larmes et de baisers, et se remit en marche sans avoir voulu toucher à un seul de ses vêtements. Quelques heures après, elle tombait de nouveau d'épuisement. Sa dernière heure allait sonner, quand un paysan la recueillit dans sa voiture et la conduisit jusqu'au village prochain.

Irma s'en alla de porte en porte, demandant l'hospitalité; mais elle était dans un si misérable état que personne ne voulut la recevoir. Quelques-uns même plus cruels que les autres, la traitèrent de voleuse et fille de mauvaise vie. Elle fut poursuivie par les enfants qui l'injuriaient et l'insultaient. La pauvre jeune fille mourant de faim, de froid et d'angoisses, ne trouva d'asile que sous le porche d'une église dont les portes étaient fermées. Le magistrat du village, excité par toutes les rumeurs qui avaient agité la populace, vint y interroger la triste inconnue. Celle-ci lui fit voir son passeport, qui apprit au maire le but de son héroïque pèlerinage. Aussitôt tous ceux qui l'avaient insultée, touchés de la grandeur de son dévouement, la reportèrent comme en triomphe dans une des maisons dont elle avait été repoussée. Elle y prit quelques jours de repos et se remit en route avec un nouveau courage.

La saison devenait de plus en plus mauvaise, et les chemins moins praticables. Les épreuves ne cessaient de succéder aux épreuves dans ce long voyage. Le peu d'argent qu'elle avait pu emporter avec elle était épuisé. La jeune fille payait l'hospitalité qu'elle recevait, en lavant le linge de ses hôtes et en raccommodant leurs habits. Mais tantôt assez mal accueillie par ceux à qui elle demandait un gîte, tantôt tout à fait repoussée comme une aventurière, Irma eut à souffrir toutes les humiliations. Elle rencontra des obstacles de tout genre et subit toutes les privations qui devaient nécessairement menacer et atteindre une pauvre jeune fille de seize ans, qui parcourait sans guide les longs déserts de la Sibérie. Vingt fois elle fut sur le point de perdre la vie, et toujours la Providence la sauva miraculeusement. Tantôt elle faillit périr ensevelie sous les neiges ou dévorée sous la dent des bêtes féroces; tantôt la faim la réduisit au dernier degré de l'épuisement. Les intempéries et les rigueurs de la nature semblaient s'unir contre elle à la cruauté des hommes; mais la Providence veillait sur l'héroïque enfant, et, après plus d'une année de voyage, au milieu de périls innombrables et de fatigues inouïes, elle parvint à Saint-Pétersbourg.

Irma était arrivée dans cette belle capitale des Tzars, créée par le génie de Pierre-le-Grand; mais elle était loin de toucher au terme de ses vicissitudes. Seule, sans appui, sans guide, que faire dans cette grande ville où elle demeurait perdue au sein de la foule immense des malheureux? Ses pauvres vêtements, la gêne de ses manières, ses traits altérés par la misère, les soucis et les douleurs, n'étaient guère propres à fixer l'attention des grands et des heureux de ce monde. Elle errait triste et rêveuse à travers les rues de la grande cité du Nord, le cœur brisé par les plus poignantes inquiétudes. Tout à coup elle aperçoit sur son chemin un palais où se rendent incessamment des seigneurs en costume brillant. Elle tourne ses pas de ce côté, et s'asseyant sur une des marches du grand escalier, elle attend le passage du premier personnage richement vêtu qui se présentera, résolue de lui demander les renseignements nécessaires pour arriver à la réalisation de ses desseins. Malheureusement, plus aucun seigneur ne parut et pas un de ceux qui étaient entrés, ne sortit. C'est qu'elle était sur le seuil du sénat russe, et les membres de cet illustre corps, une fois entrés, sortaient par une autre porte. Elle revint le lendemain ; ce jour-là, il n'y avait pas de séance. Après deux heures d'attente, elle prend son parti, monte au palais et s'y introduit. Parvenue dans les couloirs des bureaux, sans que personne ait songé à l'arrêter, elle demanda aux commis les moyens de faire parvenir à l'empereur sa demande en grâce. Les uns la repoussèrent avec brutalité à cause de ses haillons ; d'autres se mirent à se moquer de la pauvre enfant. L'infortunée, éperdue, s'écria d'une voix déchirante :

— Cependant je ne suis point ce que vous dites ; je viens de faire plus de six cents lieues pour sauver mon père !

Un immense éclat de rire accueillit ces paroles, et les invectives redoublèrent. Mais un tout jeune homme eut pitié de cette profonde détresse ; il avait compris le cri du cœur de la petite mendiante ; s'approchant d'elle, il lui apprend qu'elle est dans les bureaux du sénat où l'on ne reçoit que les suppliques écrites dans les formes.

Irma court chez un écrivain public, lui offre la petite somme d'argent qu'elle a ramassée par son travail depuis son arrivée à Saint-Pétersbourg, et lui dicte quelques-uns de ces mots du cœur qui valent mieux que toute la poésie du style le plus éclatant. Munie de cette pièce, elle revient au pied de l'escalier d'honneur du sénat, et tend sa demande en grâce à tous les membres qui passent devant elle. L'un, la prenant pour une mendiante, lui dit : « Dieu vous bénisse ! » et passe ; l'autre lui jette quelque argent, et continue son chemin ; aucun ne voulut se charger de sa supplique, la seule chose que l'admirable jeune fille eût réellement à cœur.

Tout à coup une idée sublime illumine son ame inspirée par la piété filiale. Les hommes de chair ne la devinent pas ; elle se tourne vers les hommes de bronze. Devant elle se dressait la statue équestre de Pierre-le-Grand, qu'elle contemplait depuis quelque temps d'un œil mélancolique. Elle s'élance vers cet admirable fondateur, plus grand que tous les conquérants du monde, monte sur le piédestal et de là, pâle et tremblante, mais l'œil brillant d'un espoir surhumain, elle confie à la main immobile de l'empereur la supplique que personne n'avait daigné recevoir. Aussitôt tous les nouveaux arrivants s'arrêtent, intrigués de connaître la cause d'une pareille démarche. Un des plus jeunes sénateurs s'approche de la jeune fille et lui demande quel motif lui a fait présenter ce papier à la statue impériale.

— Seigneur, répondit-elle, j'espérais que Dieu ferait descendre l'empereur jusque moi, puisque personne ne veut m'aider à parvenir jusqu'à lui.

Cette belle réponse surprit tous les témoins de cette scène étrange. On jeta un regard plus attentif sur la petite mendiante, qui trouvait ainsi naturellement des mots sublimes. L'énergie, la beauté, la grâce de ses traits, frappèrent tous ceux qui naguère passaient auprès d'elle indifférents. On veut connaître l'objet de la demande de cette mendiante extraordinaire. Le jeune sénateur qui le premier s'était approché d'elle, prend la supplique de la main de bronze de l'empereur, et commence à lire à haute voix. Mais à peine a-t-il proféré quelques paroles, qu'une agitation inexprimable le saisit. Sa voix émue ne peut plus continuer, ses mains tremblent, des larmes brillent dans ses yeux, il passe la supplique aux mains d'un autre membre. Ce spectacle produit une rumeur extraordinaire dans le palais; tout le monde entoure le jeune sénateur et la pauvre fille; on demande à grands cris qui elle est. Alors le jeune homme d'une voix étouffée : C'est la fille du ministre du feu roi, la fille du frère de mon père qui vient de faire plus de six cents lieues à pied pour demander au nouvel empereur la grâce du ministre proscrit.

Un grand tumulte se manifeste aussitôt parmi toute la foule. Chacun veut s'approcher pour pouvoir examiner de plus près cette admirable enfant. Ses haillons n'excitent plus de répugnance; ce profond dénuement dans la fille de l'ancien ministre, qui naguère encore régissait à son gré l'empire de toutes les Russies, remue jusqu'au fond des entrailles. On comprend toutes les souffrances, tous les sacrifices, toutes les angoisses de la sublime jeune fille. Ce n'est plus cette pauvre malheureuse que tout à l'heure encore on daignait à peine regarder; c'est une héroïne, c'est une sainte et sublime martyre du dévouement et de la piété filiale. Par un de ces élans soudains qui se communiquent parfois aux masses, le sénat tout entier veut aller lui-même présenter en corps au nouvel empereur dont on connaissait la bonté et la clémence, la supplique de cette magnanime jeune fille qui fut conduite comme en triomphe jusqu'à la voiture de son parent.

Oldolf la reconduisit en toute hâte à la demeure de son père et de sa mère. Ceux-ci, en apprenant tout ce qu'elle venait de faire pour les auteurs de ses jours, reçurent la jeune fille avec des larmes d'admiration. La tenant dans leurs bras et l'inondant de pleurs, ils lui disaient :

— Que le Seigneur vous bénisse, chère fille, car vous avez fait preuve d'un grand courage et d'un sublime dévouement à l'égard de vos bons parents. Depuis que nous sommes revenus de l'exil, nous n'avons cessé nous-mêmes de faire des démarches pour obtenir leur grâce; mais le Ciel réservait à votre dévouement la gloire de les sauver. Désormais votre nom sera proclamé dans tous les siècles comme un modèle de piété filiale.

Dès ce moment ils eurent pour elle les plus grands égards, et ne cessèrent de la combler des marques du plus sincère attachement. Des vêtements splendides furent confectionnés en toute hâte pour sa présentation à la cour. Oldolf la trouva ravissante de grâce et de modestie sous ce riche costume qui lui séait à ravir. Il demanda à ses parents la permission de la présenter lui-même aux augustes souverains qui seuls pouvaient lui accorder la liberté de son père. Irma tremblait à la seule pensée de cette entrevue; mais Oldolf la rassurait avec bonté, et, quand elle lui demandait ce qu'elle devrait dire à leurs majestés impériales :

— Ce que t'inspirera ton cœur, répondait-il; ne cherche rien, ne prépare rien, pense seulement qu'il s'agit de sauver ceux dont tu tiens la vie.

Cependant les principaux sénateurs s'étaient rendus au palais pour présenter à l'empereur la supplique de la jeune pèlerine. Son arrivée était devenue un événement à la cour du Tzar. Depuis la veille on ne parlait plus que du courage de la jeune Sibérienne, de son dévouement filial, de sa parenté avec un des hommes les plus influents de la cour, des souffrances qu'elle avait endurées et de ses haillons. L'empereur Alexandre, dont le cœur était compatissant et bon, et son épouse, qui était digne de partager son trône, furent émerveillés de tout ce qu'on leur apprit de cette extraordinaire jeune fille. Ils attendaient avec impatience l'heure où ils lui avaient accordé audience. Tout à coup un huissier annonça l'arrivée de la belle étrangère. Mais quelle ne fut pas la surprise de toute cette illustre assistance, quand, au lieu de la petite mendiante de la veille, on vit apparaître sur le seuil de l'appartement une belle jeune fille, éblouissante de grâce et d'attraits! Un large turban emprisonnait les boucles épaisses de sa chevelure. Son beau front pâle et soucieux portait encore une légère empreinte de ses souffrances évanouïes. Il y avait dans son regard je ne sais quelle céleste mélancolie qui en tempérait le trop vif éclat, et lui communiquait un charme surnaturel. Un sourire d'espérance rayonnait sur ses lèvres. Son apparition produisit un effet impossible à dépeindre sur tous les assistants. Chacun se sentait des larmes dans les yeux en présence de la noble enfant. L'empereur et son épouse se levèrent sur leur trône au moment où elle leur fut présentée. Ils voulurent ainsi honorer dans cette enfant le généreux modèle de la piété filiale.

Irma, qui ne connaissait point les usages de la cour, monta les degrés du trône, et alla s'agenouiller aux pieds de l'empereur. Une émotion extraordinaire trahissait son courage. Tous ses membres tremblaient; à peine ses genoux pouvaient-ils la soutenir. Levant vers l'empereur ses beaux yeux baignés de larmes, elle voulut parler, mais la voix expira sur ses lèvres. Faisant un effort sur elle-même, elle saisit par un mouvement soudain la main du monarque, et, la couvrant de ses larmes et de ses baisers :

— C'est la grâce de mon père et de ma mère, s'écria-t-elle, que je viens vous demander. Pour l'obtenir, j'ai fait plus de six cents lieues, sans argent, sans guide, sans appui, implorant la pitié de l'étranger et supportant avec résignation des privations et des fatigues inouïes. Quand le découragement s'emparait de mon ame, je me disais : Ils sont si malheureux! et cela seul suffisait pour me rendre des forces et des espérances. Dieu a béni mes efforts; le représentant de Dieu sur la terre, par la puissance et la majesté, l'est aussi par le plus divin de ses attributs, la bonté, la clémence, par cette glorieuse qualité de père du peuple qui est la plus touchante et la plus belle que puisse envier un monarque. C'est en elle que j'ai mis toute ma confiance, et je lis dans vos regards miséricordieux et compatissants que je ne me suis point trompée!

— Oh! non, noble et sainte fille, s'écria l'empereur ému jusqu'aux larmes, tu ne t'es pas trompée!

Et, oubliant les vaines cérémonies de cour, il embrassa au front cette noble enfant en la proposant pour modèle du plus sacré des dévouements. Toute la cour applaudit à cet élan de la nature, qui révélait toute la bonté et la grandeur d'ame de ce monarque révéré. L'impératrice n'était pas moins touchée. Faisant signe au jeune cousin d'Irma de s'approcher, elle saisit la main de la jeune fille, en la plaçant dans celle de celui qui l'avait introduite :

— L'empereur vous a rendu la liberté de vos parents, dit-elle, mais moi, je veux récompenser votre dévouement et faire votre bonheur. Oldolf, je vous la donne pour épouse, c'est moi qui lui préparerai sa dot.

Les deux jeunes gens baisèrent la main de l'impératrice. Pas une parole ne sortit de leurs lèvres, mais leurs regards reconnaissants la remerciaient mieux que tous les discours.

— Je vois, reprit la bonne souveraine, que j'avais bien deviné. Il faut peu de temps aux belles ames pour se connaître, se comprendre et s'aimer. Soyez donc heureux, jeunes gens, et que jamais mon souvenir ne s'efface de votre mémoire.

Toute la cour applaudit, la nature triomphait de nouveau de l'étiquette. Oldolf allait se retirer, heureux d'amener sa fiancée, lorsque celle-ci s'écria .

— O majestés cent fois bonnes et généreuses, il me reste encore une grâce à vous demander : ne me la refusez pas! En commençant mon voyage, j'avais une compagne qui venait implorer pour son père la même grâce que moi. Elle est morte en chemin ; mais son dévouement n'en a été que plus sublime, puisqu'il a été jusqu'à la mort.

L'impératrice et l'empereur, de plus en plus émus, accordèrent tout, et donnèrent des ordres pour fournir aux exilés les moyens de revenir.

Cependant Ivan et sa femme attendaient impatiemment des nouvelles de leur enfant et n'en recevaient point. Ils se mirent alors à s'attrister beaucoup, et souvent ils se surprenaient tous deux à pleurer ensemble, s'affligeant de ce qu'ils n'apprenaient pas ce qu'elle était devenue. La mère surtout répandait des larmes amères et s'écriait :

— Lui serait-il arrivé quelque malheur? Serait-elle morte avec sa compagne? Hélas! ma fille chérie, ma fille bien-aimée, pourquoi t'avons-nous laissé partir, toi qui étais la lumière de nos yeux, le bâton de notre vieillesse, le soulagement de notre vie, l'espérance de notre postérité? Ne possédions-nous pas en toi le bonheur véritable, les richesses, la patrie? Ah! nous avons été coupables en te laissant courir au-devant d'une mort certaine. C'était notre seul jouissance que nous recherchions en agissant ainsi, non ton propre intérêt.

Et l'infortunée, en parlant ainsi, répandait un torrent de larmes. Vainement Ivan lui disait-il tout ce que lui inspirait son cœur, pour calmer l'amertume de ses regrets ; loin de la consoler, ces discours ne faisaient souvent que lui arracher des pleurs à lui-même. Sortant tous les jours, les deux époux se rendaient sur la route qu'avait prise leur fille chérie en les quittant. C'est qu'une dernière espérance de recevoir de ses nouvelles et peut-être de la revoir, restait encore au fond de leur cœur ulcéré par le chagrin. Ils se rendaient tous deux au haut d'une montagne d'où ils pouvaient découvrir un immense horizon.

Or, un jour, ils virent tout à coup apparaître dans le lointain, une brillante voiture attelée de deux vigoureux chevaux. Le char volait comme l'éclair. C'était un événement dans le pays, et les deux époux, sans savoir pourquoi, sentirent battre leur cœur dans leur poitrine. Tous deux se levèrent, descendirent de la montagne, et s'acheminèrent à la rencontre de ce char, qui, peut-être, leur apportait des nouvelles de leur fille. De quelle illusion n'est pas capable l'ame d'un père et d'une mère? Cependant cette fois ils ne se trompaient pas. Au-devant de la voiture découverte se tenaient un beau jeune homme et une fille qui contemplaient avec ravissement les paysages de ces lieux déserts et sauvages. C'est que dans ces steppes arides s'était écoulée l'enfance de cette dernière; c'est que ses parents les habitaient. Mais tout à coup la jeune fille, ayant aperçu les deux vieillards qui s'avançaient vers la voiture, poussa un grand cri, ordonna d'arrêter et, s'élançant légère comme l'oiseau, courut tomber dans les bras de son père et de sa mère qui la reçurent sur leur sein en pleurant de bonheur et de joie. C'était Irma. Le jeune homme, non moins ému, était aussi descendu de la voiture, et se tenait immobile à quelque distance, pleurant de bonheur à la vue de tant de félicité et de ces scènes attendrissantes.

— Vous êtes libre, père, disait Irma.

Et la mère répondait :

— Nous te possédons de nouveau, cela vaut mieux encore! Oh! si tu savais combien nous t'avons pleurée! Mais qu'est devenue ta compagne?

Irma montra le ciel et pleura. Les deux vieillards comprirent et pleurèrent aussi.

— Et ce jeune homme, fit Ivan, quel est-il?

A ces mots, Irma courut prendre la main de l'étranger, qui se tenait à l'écart en contemplant cette scène qui le remuait profondément.

— C'est mon cousin, le fils de ton frère, dit-elle en le présentant au vieillard.

Celui-ci le reçut avec la plus vive affection :

— Pardonne-moi, mon fils, dit Ivan, j'aurais dû te reconnaître plus tôt, car tu ressembles à mon frère d'une manière étonnante. Mais qu'est-il devenu?

— Il est libre et rétabli dans ses biens, comme vous le serez bientôt dans les vôtres. Puissiez-vous seulement alors me juger encore digne de ce doux nom de fils que vous venez de me donner.

Et sans attendre sa réponse, il courut embrasser sa tante.

Tous les quatre remontèrent ensuite en voiture. Un instant après, on arrivait à l'humble cabane de l'exilé. Oldolf fut saisi de compassion à l'aspect de la modeste chaumière où ses parents avaient passé les dures années de l'exil. Irma raconta tout son voyage qui, bien souvent, arracha des larmes à ceux qui l'avaient mise au monde. On pense bien qu'Ivan et son épouse ne refusèrent pas leur consentement au mariage des deux jeunes gens. Irma voulut qu'il fût béni par le bon prêtre qui avait pris soin de son enfance et de sa jeunesse. Elle y invita toutes ses compagnes, heureuses de son bonheur. Partout on proclamait qu'elle l'avait bien mérité, et les deux époux n'entendaient que des bénédictions sur leur passage.

Après les premiers jours de félicité, tous deux se rendirent au chef-lieu de la province pour annoncer au père de la compagne d'Irma et la mort de sa fille et sa délivrance. La généreuse Sibérienne voulait le prendre auprès d'elle et lui tenir lieu de l'enfant qu'il avait perdue; mais quand elle arriva, elle apprit que Dieu avait épargné au vieillard la douleur d'entendre le récit du trépas de celle qu'il avait tant aimée : il était allé rejoindre sa fille dans le ciel.

JUAN DE PAREJA.

I

Au moment où les troupes espagnoles étaient sur le point de livrer aux armées françaises la fameuse bataille de Saint-Quentin, gagnée par le comte d'Egmont, Philippe II fit vœu d'élever à Dieu un des plus beaux monastères du monde, si le Ciel lui accordait la victoire : ce monastère fut celui de l'Escurial. Bâti dans une immense solitude de l'intendance de Ségovie, sur le versant méridional de la chaîne de Guadarrama, ce monument, d'un aspect sombre et austère comme la religion de l'homme qui voyait dans le féroce Torquémada l'idéal du catholicisme, ce monument, disons-nous, peut soutenir la comparaison avec les plus grands édifices anciens et modernes pour la solidité, la masse, la grandeur imposante, tandis que pas un ne l'égale dans cette impression de malaise qu'il produit sur l'ame et qui la froisse comme le ferait l'aspect de tout un attirail de torture. Et cependant ce palais sombre comme une prison est une des trois résidences royales; cette prison, sinistre comme un cimetière, contient les caveaux où sont déposés les restes des reines d'Espagne dans le néant de leur majesté et de leur splendeur évanouies. Triste contraste, digne d'une nation qui s'enivre des coupables voluptés du vice sur les tombeaux des morts. Elle a fait plus encore, à côté du séjour des orgies des grands, au-dessus des tombeaux des morts, elle a placé l'asile des lettres et tout auprès celui des arts, comme pour forcer la vie et la mort, la vanité et le néant, le crime et l'expiation, la gloire et l'abjection, le génie et l'ignorance, l'austérité du cloître et les dissipations mondaines, à se coudoyer sans cesse dans la solitude la plus triste de toute l'Espagne.

Donc en 1624, dans un élégant pavillon de l'Escurial, le jeune peintre Diégo Velasquez avait établi son atelier, tout auprès de ces galeries de tableaux qui réunissaient les chefs-d'œuvre de tous les grands maîtres de l'Europe. Quoiqu'il n'eût encore que trente ans, le céleste artiste s'était déjà fait en Espagne un nom qui ne pouvait plus périr. De nombreux élèves recueillaient avidement ses leçons et s'inspiraient des paroles ardentes qui sortaient de cette ame de feu. Le roi Philippe IV était lui-même un de ses élèves, et se plaisait à venir essayer dans son atelier des esquisses de sa main royale sous les yeux de l'artiste. Pour récompenser ses talents, il l'avait nommé son peintre de prédilection en le créant son chambellan, et le forçant à demeurer près de lui dans l'Escurial même. Après avoir parcouru l'Italie, l'Allemagne et la Flandre, après avoir fait connaissance avec les plus grands artistes de son siècle, et surtout avec Rubens, il était venu se fixer dans cette résidence expressément préparée pour lui. Au sein de cette solitude qui devait achever de mûrir le génie, il avait rapporté ces connaissances qui sont pour les arts ce que l'usage du monde est pour la société.

Bientôt le nom du peintre royal eut un immense retentissement dans l'Espagne entière. Toutes les grandes maisons voulaient avoir les portraits de leurs familles, faits de la main du peintre à la mode. Mais les commandes furent en peu de temps si nombreuses que Velasquez se vit dans la nécessité d'en refuser une grande partie. Le peintre eut alors ses courtisans comme le monarque. C'était à qui le comblerait de distinctions et de présents pour être au nombre des heureux favoris dont il daignerait immortaliser les traits par quelques coups de son pinceau. On allait même jusqu'à s'adresser au roi Philippe, pour obtenir cette faveur par son entremise. C'est de cette manière, entre autres, que, pour complaire au monarque, Velasquez entreprit, à sa prière, le portrait du célèbre amiral Paréja. L'homme de mer, charmé de se voir si merveilleusement reproduit par le grand artiste, voulut lui-même le remercier. Il se rendit donc à l'atelier du peintre, suivi d'un jeune esclave mulâtre qu'il avait acheté dans les Indes. Celui-ci portait au cou une somptueuse chaîne d'or, destinée à reconnaître les bons services de Velasquez, et à lui témoigner toute la gratitude qu'éprouvait le marin pour la complaisance avec laquelle l'artiste avait daigné esquisser ses traits de son pinceau royal. Lorsque l'amiral sortit, l'esclave se mit en devoir de suivre son maître; mais le rude marin, le repoussant dans l'atelier d'un coup de pied, lui cria d'une voix stridente :

— Penses-tu donc, misérable, que quand j'offre une chaîne d'or, je veuille emporter l'écrin? Juan, tu appartiens, dès cette heure, à l'illustrissime Velasquez, qui fera de toi selon son bon plaisir.

Il sortit en achevant ces paroles, et le peintre le reconduisit jusqu'à l'entrée du palais. Le pauvre mulâtre avait été rouler au milieu des élèves, qui accueillirent cette introduction au milieu d'eux avec des éclats de rire et les clameurs bruyantes d'une joie frénétique.

Juan courut aussitôt se réfugier dans le coin le plus écarté de l'immense atelier; mais toute la bande, redoublant d'hilarité, l'y suivit aussitôt, et commença une de ces scènes moitié grotesques, moitié cruelles, dont il serait impossible de donner une idée. La contenance humiliée du pauvre esclave, sa figure étrange et effarée, la mine arriérée que lui avait communiquée l'habitude de la tyrannie, le sentiment de son infériorité et de sa dégradation sociale peint sur toute sa physionomie, lui donnaient l'aspect d'un être stupide, dont ils pourraient se divertir à leur aise et qui n'était propre qu'à devenir le souffre-douleur de toute cette engeance enragée. La manière dont un coup de pied lui avait donné droit d'entrée dans l'atelier, devint pour eux une source intarissable de sarcasmes et de cruelles plaisanteries.

— Voyez donc cette tête de bilboquet, comme c'est pétillant de génie!

— Et ce qui lui sert de crinière, comme ça dénote son ours mal léché!

— Oh! ces vêtements, quelle draperie digne de notre Vulcain mulâtre.

— Oh! ce nez! Oh! ces yeux!

— C'est toi qui le fais loucher, loustic!

— Tiens, s'il veut garder ses oreilles, lui, qu'est-ce que cela te fait, à toi?

Et chacune de ces détestables plaisanteries était accueillie par des éclats de rire. Le malheureux esclave, effrayé, confus, tremblant, s'efforçait de retenir de grosses larmes qui ne demandaient qu'à s'échapper de ses yeux. Acculé dans l'angle des murailles, il se faisait le plus petit possible, pour se soustraire aux regards et aux quolibets de toute cette nuée d'oiseaux moqueurs, qui venaient s'abattre autour de lui avec les cris sinistres d'une gaieté sauvage. Hélas! malheureux, tu n'es pas au bout de tes souffrances. Cette vie que tu as passée au milieu de tant de douleur ne doit s'écouler encore qu'au sein des tortures. Vainement le Créateur te fit-il naître du même sang que tout le reste des hommes, tu n'es pas du climat ou de la condition de tes bourreaux! A toi donc les coups de pied et les coups de poing, à toi donc la servitude et l'ignorance, à toi donc l'abjection et l'enfer! Pourrait-il exister du génie, de l'intelligence dans cette cervelle de mulâtre? Cela n'est-il pas réservé seulement à l'aristocratie de race ou d'argent? Les riches et les puissants seuls n'ont-ils pas le monopole du génie et du pouvoir? Tout le reste est-il seulement digne d'être foulé à leurs pieds? Mais console-toi, jeune homme, si le présent n'a pour toi que la tyrannie et l'esclavage, l'avenir te proclamera grand entre les grands, grand par le génie, grand par le cœur, grand par la volonté et le dévouement. Alors tous ceux qui te conspuent aujourd'hui, pourris dans leurs cercueils, n'auront pas même, malgré leurs richesses et leur puissance, laissé d'eux l'ombre d'un nom.

Mais les plaisanteries continuaient de plus en plus grivoises et méchantes.

— Dis donc, chose, comment t'appelles-tu?

— Que tu es bête! Est-ce qu'on s'appelle quelque chose avec une tête comme celle-là?

— Tiens, pourquoi donc pas? Je parie qu'il se nomme Juan le Roux?

— Ton nom, païen? s'écria l'un d'eux en le secouant.

— Antinoüs, sans doute?

— Pourquoi pas Adonis?

— Ou Pâris?

— Roule ta bosse, cher Dumollet, dit un autre, en le faisant pirouetter sur lui-même.

— Une bûche!

— Un cailloux!

— Une colonne torse!

— Est-il bête de ne pas se revanger?

— Faut l'éprouver! Tapetons-le, dit Martinez, le plus taquin des élèves, enchanté d'avoir une occasion de se dégourdir quelque peu le poignet.

Et les éclats de rire allaient leur train, et les bravos retentissaient plus bruyants et plus intenses. Mais à cette dernière proposition, le sang de l'esclave s'était embrasé; la rage s'était éveillée au fond de son cœur; ses yeux étaient devenus des tisons; les mains crispées, les dents serrées, la figure contractée, il se redressa subitement, résolu d'assommer d'un seul coup son adversaire, ou de périr à l'instant sous les mauvais traitements de ces misérables. Le malheureux était fatigué de son existence, il désirait la mort comme une délivrance de toutes ses tortures. A l'aspect de la colère qui montait au visage du mulâtre, son provocateur recula; ses compagnons le poussèrent sur le malheureux indien. Pour éviter sa fureur, Martinez rebondit en arrière, heurta un buste précieux auquel Velasquez tenait beaucoup, et le brisa. Aussitôt les rires se changèrent en une consternation profonde. Le coupable devint pâle comme la mort.

— Je serai chassé! s'écria-t-il. O ma mère, ma mère, pauvre mère, que vas-tu devenir, toi qui comptais sur mon travail pour gagner le pain de tes vieux jours, toi qui as tout sacrifié pour moi?

Juan demeurait muet à l'aspect de la consternation de tous et de la profonde détresse de son agresseur. C'eût été pour lui une belle occasion de se venger; mais sous la casaque de l'esclave battait un cœur de roi. Au moment où Velasquez rentra, après avoir reconduit l'amiral jusqu'au de là du palais, il ne put jeter un coup d'œil sur son buste brisé sans sentir une douleur profonde à laquelle succéda bientôt une colère terrible.

— Qui a fait cela? s'écria-t-il.

Personne ne répondit :

— Le coupable ! répéta Velasquez d'une voix tonnante.

Même silence.

— Sortez tous, je vous chasse !

— C'est moi qui suis l'auteur de cette fracture, dit Juan, en se précipitant aux pieds du maître irrité.

Et vraiment il fallait voir une force d'ame héroïque pour oser s'accuser dans un pareil moment, car Velasquez était terrible; sa lèvre frémissait, sa main s'agitait sur son épée, ses cheveux frissonnaient sur ses tempes, et son œil lançait des flammes. Dans le premier instant d'exaspération, il s'écria :

— Misérable ! sais-tu bien que ta chaîne d'or, que ton maître, et que cent mille monstres comme toi, ne valent pas tous ensemble un seul membre de cette statue !

Et le terrible peintre, dans la violence de sa colère, levait déjà le pied pour écraser sous son talon la tête du malheureux esclave qui avait brisé sa statue. Mais Martinez ne put soutenir l'aspect de cette affreuse vengeance, et, tombant à son tour aux pieds de Velasquez :

— Grâce ! grâce ! pour lui, s'écria-t-il. Ce n'est pas lui qui est l'auteur du délit, j'en atteste tous ceux qui sont ici présents. C'est moi seul qui, par mégarde, ai brisé le buste.

— Mais, malheureux, tu vas te faire chasser ! s'écria l'esclave. Songe donc à ta mère qui, dis-tu, a tout sacrifié pour toi. Ah ! seigneur, ne le croyez pas, moi seul suis le vrai coupable.

— Ah ! seigneur, ne le tuez pas !...

— Qu'importe, ne suis-je pas fatigué de vivre?

Velasquez avait l'ame aussi généreuse, aussi magnanime qu'elle était emportée et irascible. En un instant, son intelligence supérieure eut tout compris. Il détourna la vue, pour essuyer une grosse larme qui perlait sur ses joues, puis, comme entraîné par la générosité de son cœur, il se détourna tout à coup, et ouvrit ses bras, en s'écriant :

— Je pardonne, puisque Juan a pardonné; et il le reçut sur sa poitrine.

— Seigneur, vous pouvez maintenant me demander mon repos, ma vie, mon sang; je suis à vous comme le chien fidèle est à son maître, comme la mère est à son enfant. C'est la première fois que mon cœur bat sur un cœur ami, depuis la mort de mes parents.

On juge sans peine quel effet ces scènes produisirent sur la classe entière. Dès ce moment, Juan ne leur parut plus laid, ce n'était plus un mulâtre, un idiot sans intelligence et sans cœur, c'était un bon, un excellent camarade. Son noble sacrifice parut à tous un acte d'héroïsme. Juan n'en resta pas moins bien longtemps encore timide et embarrassé : c'était l'effet de ses malheurs et des mauvais traitements dont il s'était vu, pendant tant d'années, la déplorable victime. Velasquez voulut s'en faire un ami et un frère ; mais imbu des préjugés de son siècle, il ne crut pas qu'un mulâtre fût susceptible d'une haute éducation intellectuelle et morale, et, désespérant d'en faire un homme distingué, sans même avoir tenté l'entreprise, il se borna à le charger du soin de son atelier.

II

Insensiblement le souvenir de cet acte héroïque s'effaça de la mémoire des élèves de Velasquez, qui ne cessaient, du reste, de se renouveler continuellement. L'air de stupidité et de servilisme répandu sur les traits du mulâtre, comme un vestige indélébile de son éducation, ne contribua pas peu à opérer ce changement. Bientôt on finit par ne plus voir dans son généreux dévouement qu'un de ces actes d'abnégation passagère dont les animaux mêmes sont capables, et les persécutions recommencèrent. Dès que Velasquez sortait, Juan avait à souffrir des élèves un torrent de malices qui ne tarissaient point. Ils trouvèrent charmant de lui donner le grand nom de son premier maître, et l'appelèrent *Juan de Paréja*, surnom qu'il conserva toujours.

Martinez seul, cet infortuné dont il avait obtenu le pardon, n'oublia pas son acte de généreux dévouement. Plusieurs fois même, il osa prendre sa défense et braver les sarcasmes qu'on faisait pleuvoir sur l'esclave, en les attirant sur lui. Juan comprit alors qu'il avait en lui un ami sincère et dévoué. Il l'aima bientôt de la plus tendre affection, et ne craignit plus d'épancher son cœur dans celui de cet autre lui-même. Il y avait, dans ces moments, sur sa figure, une telle expression de mélancolie, qu'il suffisait de le contempler pour comprendre de combien de souffrances et de tortures avait dû être froissé son cœur.

— Si vous saviez à quel point je suis malheureux ! dit-il un jour à son ami.

— Je l'ai deviné, repartit Martinez, en lui serrant la main.

La figure du mulâtre prit une expression singulière. La reconnaissance, l'amitié, le dévouement s'y peignaient tour à tour.

— Je n'ai que seize ans et j'ai déjà souffert des maux plus grands que tout ce qu'une bouche mortelle peut exprimer, reprit-il avec ce sourire particulier aux grandes ames navrées d'angoisses. Ecoute, je veux te conter mes malheurs, comme un frère les redirait à son frère. Ah ! cela doit être si doux d'avoir un frère, un père, une sœur, une mère ! si tu voulais être pour moi comme un frère !

— Je veux être pour toi tout ensemble, un père, une mère, un frère, un ami, répondit Martinez avec exaltation !

Juan lui serra la main à son tour, en souriant de ce sourire navrant que nous lui connaissons.

— Je suis seul au monde!

— Quoi ! pas de parents ?

— Pas de parents ! fit-il en essuyant une grosse larme. Mon père, devenu esclave, ne put longtemps supporter les mauvais traitements des blancs ; il mourut de désespoir. Ma mère resta seule, sans secours, avec moi qui n'avais que six ans : il fallait me nourrir, m'élever ; elle travailla sans relâche, le jour et souvent la nuit. Mais ce labeur était au-dessus de ses forces et ne pouvait suffire à notre nourriture. Je tombai bientôt malade d'épuisement. Ma mère alors, ô sublime héroïsme du cœur de la femme ! ma mère se vendit pour avoir un morceau de pain à donner à son enfant. Mais, hélas ! elle ignorait qu'en devenant esclave elle entraînait son fils dans sa déchéance. Quand elle connut le sort horrible réservé à son enfant, un sombre désespoir s'empara d'elle ; elle tomba dans une prostration inexprimable et se refusa à toute occupation. Ses bourreaux l'accablèrent alors des plus horribles traitements. Lui découvrant les épaules et les flancs, ils la fouettaient jusqu'à ce que le sang ruisselât sur ses membres et que des lambeaux de chair fussent arrachés de son corps par les coups de lanière. Rien n'y fit ; elle s'obstina dans l'inaction. Je fus alors saisi, faible et malheureux enfant, et sous ses yeux je reçus les coups qui lui étaient destinés. Oh ! que j'étais heureux de souffrir au lieu de cette mère infortunée ! Pour elle, en voyant couler mon sang, elle devint comme une lionne. Elle bondissait pour m'arracher aux mains de mes exécuteurs, mais des chaînes la retenaient au poteau, d'où on lui faisait contempler le supplice de son enfant. Elle consentit alors au travail; hélas! ce ne fut pas pour longtemps. Quelques semaines de tortures suffirent pour la tuer. Elle ne pouvait supporter l'horrible idée de l'esclavage auquel elle m'avait involontairement condamné. A douze ans, j'étais seul sur la terre avec un cœur ardent comme une fournaise.

« Il me fallait aimer un être malheureux comme moi et qui, comme moi, éprouvât le besoin d'épancher son cœur dans le sein d'un ami. Un jeune esclave fut bientôt l'objet de toutes mes affections; il me paya de retour en se dévouant tout entier à mon malheur. J'espérais qu'un jour je pourrais obtenir la liberté. Mais, à treize ans, on nous sépara malgré nos larmes.

» Bientôt après, je fus vendu au seigneur de Paréja. Pour lui, je fus moins qu'une brute. Dire toutes les humiliations, tous les tourments que cet homme m'a fait souffrir, serait au-dessus des forces d'un mortel. Mais ce qui redoublait toutes ces tortures, c'est que je sentais en moi des aspirations étranges, invincibles, irréalisables vers des destinées supérieures! Un feu intérieur me dévorait. Il m'arrivait parfois de me dire que sous ma casaque d'esclave un génie sublime embrasait mon ame, et qu'il ne me manquait que les moyens d'instruction pour devenir supérieur à tous les êtres, vulgaires dans leur splendeur, dont j'étais entouré. Ce feu, qui ne cesse de me dévorer encore, fait mon plus affreux supplice. Tiens! le croirais-tu? en vous voyant peindre, il me semble que si je pouvais me procurer une mauvaise toile, de vieux pinceaux et quelques couleurs, je ne tarderais pas à surpasser les plus forts d'entre les élèves de notre maitre. »

— Eh bien! tu auras des toiles, des couleurs et des pinceaux, s'écria Martinez.

Juan s'élança dans ses bras et l'inonda de larmes. Mais il exigea encore de son ami la promesse de ne pas dévoiler ses desseins, de crainte d'avoir de nouveaux supplices à souffrir de la part de ceux qui l'en avaient déjà tant abreuvé. Martinez promit tout, lui fournit tout, et, dès ce moment, le mulâtre, pour éviter d'être découvert dans ses tentatives, prit le parti de se réfugier dans un des greniers de l'Escurial où il se rendait, quand son maître était absent, pour y travailler loin des persécutions.

On dit que l'homme est naturellement imitateur, que l'industrie appelle l'industrie, que les arts se propagent par le contact, mais il faut autre chose que l'application de ces frivoles adages pour faire un artiste. Celui que Dieu n'a pas marqué du sceau des élus dès le sein de sa mère: celui dont la tête et le cœur ne brûlent pas à la vue du beau; celui qui n'éprouve pas en lui la soif ardente de la gloire et de l'immortalité, cette passion dévorante des ames supérieures que les ames viles et abjectes du vulgaire ne comprennent même pas, celui-là, quoi qu'il fasse, ne sera jamais un artiste. Et c'était parce que Juan était consumé de cette ardeur divine, qu'il devait en peu de temps égaler les plus grands maîtres, sans avoir besoin d'autre guide que son inspiration personnelle. Juan n'avait pu voir peindre sans cesse, ni sans cesse entendre les plus grands personnages élever au ciel la peinture, sans concevoir une envie indéfinissable de manier aussi des couleurs. Il peignit pendant les longues heures de solitude où il attendait le retour de son maître; il trouva dans ces occupations des plaisirs indicibles; l'exaltation et l'enthousiasme embrasèrent son sein de leurs flammes inspiratrices, et Juan se sentit satisfait de lui-même. Cependant personne ne soupçonna jamais à quelles secrètes études il pouvait consacrer ses loisirs, et son ami seul était initié à ses travaux qu'il aimait à partager.

III

C'était en 1629. Une grande agitation se faisait remarquer dans l'élégant pavillon de l'Escurial, habité par Velasquez. On sablait la petite cour, on replaçait les tapis, on disposait les tableaux, on rangeait surtout avec soin le vaste atelier du peintre royal. Mais entre tous les personnages qui se mouvaient dans la vaste salle et dans ses alentours, le pauvre esclave était bien certainement celui qui paraissait le plus affairé. On le voyait partout nettoyant, brossant, frottant, arrangeant et disposant tout, de manière à rendre l'atelier digne d'une réception princière.

C'est qu'on attendait deux illustres visiteurs. L'un était le roi Philippe IV, mais, en sa qualité de familier, il n'était point accoutumé à tant d'apprêts, et Velasquez ne se serait jamais donné tant de soucis, fût-ce pour le plus fameux des potentats de ce monde. L'autre était un homme bien autrement grand à ses yeux qu'un simple monarque; c'était un de ces hommes que le génie entoure d'une auréole et d'un prestige de gloire infiniment plus digne d'envie que tous les trônes et toute la renommée des conquérants : c'était Pierre-Paul Rubens. Pour Velasquez et ses élèves, le bourgeois d'Anvers était le seul souverain du monde devant lequel s'inclinassent leurs pensées et leurs respects, c'était le roi de la peinture, le grand maître des arts. En ce temps-là, toute l'Europe ne retentissait que du bruit que faisait le grand nom de Rubens. Dans sa glorieuse patrie, dans la Hollande, dans l'Empire, en France, en Italie, en Angleterre, en Espagne, partout ce nom était vénéré et digne de l'être, partout il était acclamé avec un pieux enthousiasme. Les rois, les princes, les artistes, les savants, se faisaient une gloire de son amitié, car Rubens n'était pas seulement un grand peintre, il était encore un architecte distingué, un homme de lettres supérieur, un diplomate incomparable, et sa munificence était digne d'un empereur !

Aussi jamais Velasquez n'avait éprouvé une émotion comparable à celle qui l'agitait en ce moment. Il allait entendre le jugement que porterait sur ses ouvrages le plus célèbre des artistes de son siècle. Etre apprécié, goûté, senti par le grand, par l'illustre et immortel Rubens : comble de gloire, d'enivrement, de félicité ! Mais aussi quelle douleur, quel chagrin, quel affreux désenchantement s'il lui refusait son approbation et ces témoignages de sympathique et profonde admiration qu'arrache toujours au génie l'aspect des vrais chefs-d'œuvre.

— Ma renommée n'est rien, s'écriait-il, si je ne conquiers pas l'estime, l'approbation et l'enthousiasme de Rubens.

Sous l'empire de semblables idées, on pense bien qu'il ne voulait se montrer à lui qu'environné de chefs-d'œuvre. C'était même tout exprès pour cette grande entrevue qu'il avait composé son célèbre tableau de la robe de Joseph, enlevé à l'Espagne sous Napoléon, mais rendu à sa patrie natale après la chute du potentat. Velasquez comptait d'autant plus fortement sur l'effet de cette toile, qu'il avait profondément étudié les éclatantes productions du roi de la peinture, et qu'il s'était puissamment inspiré de son génie.

Tout à coup deux cortéges brillants pénétrèrent dans la cour du pavillon habité par Velasquez. L'un d'eux était celui du roi, suivi de toute sa cour ; l'autre, celui de Rubens entouré de ses illustres élèves qui font encore aujourd'hui l'admiration de l'Europe, tandis que le nom même des courtisans et du monarque est tombé dans l'oubli. Et cependant alors c'étaient les grands et les puissants de ce monde ! Dès qu'ils furent arrivés à l'entrée du palais, l'artiste flamand se hâta de descendre de cheval et vint s'incliner devant le prince, en lui offrant le pas pour pénétrer dans le sanctuaire des arts.

— Oh ! que non pas, répondit Philippe ; ici nous sommes chez un peintre ; c'est vous qui êtes le roi ; moi je ne suis que le disciple. Cependant, si vous le permettez, ajouta-t-il, en lui offrant le bras, et les deux rois, en dépit de la pointilleuse étiquette de la cour de Madrid, entrèrent dans l'atelier les bras entrelacés, et suivis de leurs deux cours.

De la part de Velasquez et de ses élèves, les politesses furent pour Philippe, mais les honneurs pour Rubens. Sur ce dernier s'arrêtaient les regards de cette ardente et enthousiaste jeunesse qui n'avait pas une œillade pour tout le brillant cortége des courtisans chamarrés d'or qui l'entouraient. Elle dévorait des yeux l'immortel génie ! son cœur palpitait plus vite ; des cris continus s'échappaient de ses entrailles à chacune des paroles du grand homme ; l'enthousiasme, l'exaltation, l'admiration débordaient de ces jeunes cœurs avides de gloire et de célébrités. Mais aucun de ces nobles jeunes gens n'éprouvait une émotion comparable à celle de Juan de Paréja, l'esclave mulâtre. Il paraissait fasciné, et ses regards ardents couvraient le grand homme et l'entouraient d'une chaude vénération. On pouvait voir que, s'il eût osé, il se fût prosterné aux genoux du prince des artistes de son siècle. Tout auprès se tenait Martinez, dont l'imagination ne paraissait pas moins exaltée. Sa figure était tout en feu; mais il s'y reflétait une anxiété mystérieuse et souvent son regard inquiet s'arrêtait sur une toile roulée qu'il avait lui-même placée au bas du beau tableau de Velasquez, sans avoir été remarqué par personne.

Cependant Rubens continuait lentement l'examen des chefs-d'œuvre étalés à ses regards. il était beau de voir ce grand chef de l'école flamande s'avancer majestueusement aux côtés du roi, entouré de ses brillants élèves, et, d'un mot, d'un geste préciser le vrai mérite des grandes productions du chef de l'école espagnole. Il avait alors cinquante-deux ans. Sa tête, d'un bel ovale, réflétait cette harmonie intérieure qui caractérise la figure des hommes habitués aux grandes pensées et aux profondes méditations. On ne pouvait s'empêcher d'admirer sa figure imposante, son port noble et distingué, ses manières accentuées et communicatives, le charme imposant de toute sa personne, et cette passion contagieuse du beau qu'il communiquait à tous ceux qui l'écoutaient, comme si des effluves sorties de son sein se fussent infusées dans l'ame de ses auditeurs. Habitué à vivre au milieu des cours, il joignait encore à la majesté du génie, l'urbanité et l'élégance d'un parfait gentilhomme. Aussi tous les cœurs battaient-ils avec plus de vitesse à chacune des judicieuses appréciations du grand maître.

Mais quand Rubens fut arrivé devant la robe de Joseph, le calme qu'il avait montré jusqu'alors dans ses décisions, l'austérité de ses jugements d'artiste, l'apparente froideur même de ces éloges, s'évanouirent. Longtemps il demeura immobile, plongé dans l'exaltation la plus vraie, la plus complète, la plus sincère devant le chef-d'œuvre. Ses regards pétillaient et lançaient des flammes ; ses joues étaient embrasées ; l'enthousiasme se peignait dans tous ses traits.

Tout à coup, se retournant vers Velasquez, il lui tendit la main en s'écriant d'une voix émue :

— On n'analyse pas ceci ; on ne saurait le louer ; on sent et on admire !

— Enfin, s'écria Velasquez, me voilà donc au comble du bonheur. Ah ! ce jour est le plus enivrant de ma vie !

Et, tout en parlant, il s'était précipité dans les bras du peintre flamand, qu'il serrait en pleurant sur cette glorieuse poitrine d'artiste qui débordait maintenant de félicité.

— Vous mettriez le comble à mon bonheur et à ma gloire, senor, continua le peintre de Philippe, si vous daigniez honorer mon atelier, en laissant sur une de mes toiles un coup de pinceau de votre main royale, comme souvenir et monument de votre passage en ce lieu.

En disant ces mots, Velasquez indiquait de la main ses principaux tableaux, et présentait à Rubens un pinceau et une palette, dans l'espoir que le grand artiste jetterait sur quelques parties d'un de ses ouvrages un rayon de sa flamme.

— Tout ce que je vois est achevé, dit Rubens, mais je vous ferai avec plaisir une esquisse.

IV

Et son regard se promenait sur l'atelier, cherchant une toile blanche, pour y crayonner une ébauche, marquée au coin de son luxuriant génie. Martinez, qui depuis longtemps épiait l'occasion d'exécuter un dessein qu'il avait conçu, s'écria :

— Vous cherchez une toile, senor, voici, voici !

Et tout en parlant, il saisissait la toile roulée au pied du principal tableau de Velasquez. Mais à peine l'eut-il déroulée, qu'il s'écria avec une feinte surprise :

— Tiens ! qu'est-ce que ceci ? je la croyais blanche ? Pardonnez, senor, c'est sans doute...

— Mais il me semble, dit Rubens, que voilà des traits puissamment accentués.

Saisissant la toile d'une main avide, il achève de la dérouler, et jette un grand cri de surprise à l'aspect du chef-d'œuvre qui vient de lui tomber sous la main. C'était le fameux tableau si connu sous le nom de l'*Ensevelissement*. Rubens était plongé dans une admiration non moins vive que celle qu'il avait éprouvée devant la robe de Joseph.

Martinez ouvrait de grands yeux avides, tout empreints d'une joie sans borne. La foule des élèves s'était rapprochée; Velasquez demeurait immobile de stupéfaction; toute la cour, tous les disciples de Rubens et du chef espagnol étaient plongés dans le plus profond étonnement. Juan de Paréja seul, à l'aspect de cette toile que déroulait Martinez, avait pâli affreusement, et s'était retiré derrière la foule pour cacher son trouble à tous les regards. Le malheureux se creusait la cervelle pour chercher à comprendre comment cette toile pouvait se trouver là; mais il lui était impossible d'expliquer cette énigme. Plus Rubens examinait avec attention ce tableau extraordinaire, plus Juan tremblait de tous ses membres. Il ressemblait à un coupable baissant la tête sous la double attente de la réprimande du maître et de la raillerie des élèves. Jamais situation plus pénible n'avait jeté le pauvre jeune homme dans d'aussi cruelles perplexités. Son visage était pourpre; ses regards effarés; sa respiration courte et saccadée. Une sueur abondante perlait sur son visage et son cœur battait avec violence dans sa poitrine: Tout à coup Rubens, après un long examen, s'écria :

— Seigneur Velasquez, voilà un chef-d'œuvre que j'avais d'abord cru sorti de votre pinceau; mais une étude plus attentive, me révèle un genre tout spécial, et plein d'une puissante et profonde originalité.

A ces mots, l'esclave releva la tête, n'osant pas en croire ses oreilles et se sentant enlevé par un rêve d'or au delà de tous ses vœux; mais personne ne le remarquait. Martinez seul avait détourné la tête en lui jetant un de ces regards éloquents et enthousiastes où brillaient de grosses larmes, et qui en disait plus que tous les discours. Juan comprit alors de qui venait la trahison. L'ami avait jugé avec son cœur le génie de l'ami, et son cœur ne l'avait pas trompé, et il était radieux et fier d'avoir révélé ce beau talent; il était orgueilleux de voir le pauvre mulâtre être placé d'emblée par Rubens lui-même au premier rang, parmi les princes de la peinture de son siècle! Se faufilant à travers la foule, il saisit la main de son ami qu'il serra toute frissonnante dans la sienne.

— En y regardant de plus près, continua Rubens, je crois reconnaître la peinture d'un de vos élèves qui se sera un peu trop abandonné à ses études et à sa fantaisie personnelle, en dédaignant peut-être les routes frayées par les grands maîtres; mais quel qu'il soit, il peut, dès à présent, se dire aussi un maître original, plein de talent, d'ampleur, de richesse et de génie.

Chacune de ces paroles doublait les palpitations dans le cœur du pauvre Juan. Ce qu'elles avaient de frappant dans leur vérité, achevait de porter à son comble le trouble du pauvre mulâtre. Ses genoux fléchissaient sous lui. Il se sentait fléchir sur ses jambes défaillantes.

— J'ignore, répliqua Velasquez, non moins étonné que Rubens, de qui peut provenir ce tableau que je ne savais pas même dans mon atelier. Je ne connais aucun de mes élèves qui puisse être doué d'un talent si exceptionnel et si remarquable.

Et le grand peintre promena sur tous les élèves un regard scrutateur et inquiet. Il semblait provoquer l'auteur à se nommer, s'il se trouvait parmi eux; mais aucun ne laissa paraître sur son visage le moindre indice qui pût en faire soupçonner l'auteur. Tout à coup, il remarqua une sorte d'altercation entre Martinez et le mulâtre. En ce moment, Rubens tournait aussi la vue de ce côté; le cercle s'entrouvrit aussitôt, et laissa paraître le pauvre esclave qui se défendait contre les généreuses violences de son ami. Celui-ci le poussa alors d'un bras vigoureux jusqu'aux pieds de Rubens, où il alla tomber en s'écriant :

— C'est moi qui en suis l'auteur !

— Lui! lui! exclamèrent cent voix stupéfaites!

Mais Juan de Paréja pleurait comme un enfant que sa mère aurait surpris en faute et ne pouvait plus proférer une parole. Van Dyck fut même obligé de le soutenir. Rubens et Velasquez le relevèrent et l'embrassèrent tour à tour. Le roi Philippe, heureux témoin de cette grande scène, s'avança aussi vers ce nouveau génie qui, du premier bond, prenait son rang entre les immortels, et, frappant de sa main royale sur l'épaule du mulâtre :

— Un homme de génie ne peut rester esclave, s'écria-t-il. Levez le front et soyez libre. Votre maître tout à l'heure recevra deux cents onces d'or pour votre rançon.

— Et cet or t'appartient, Juan reprit Velasquez, car il y a longtemps que de fait, sinon de droit, tu n'es plus un esclave, mais mon ami. Mais pourquoi m'as-tu caché pendant tant d'années un si divin talent?

— Maître, s'écria Juan en tombant à ses pieds, j'ignorais que j'eusse du talent. Cependant, je vous supplie de ne pas briser ma chaîne; elle est si douce et vous m'aimez tant! Je ne saurais plus vivre loin de vous et de cet autre ami qui m'a trahi!

— Qui t'a fait proclamer grand homme et immortel ! s'écria Martinez, en tombant à son tour dans les bras du mulâtre.

Rubens trop ému avait déposé la palette et le pinceau. Il remit au lendemain le plaisir que lui demandait Velasquez. Il désira ardemment connaître l'histoire de Juan, qui lui en conta les principaux points avec émotion et simplicité. Les condisciples racontèrent son dévouement au moment où il parut au milieu d'eux. Il y avait des larmes dans tous les yeux quand les deux cortéges se retirèrent.

Le lendemain, Rubens vint, selon sa promesse, passer une heure à l'atelier, pendant laquelle il peignit une de ces esquisses qui, aujourd'hui encore, se vendent au poids de l'or. Un festin lui fut offert par Velasquez, qui s'était empressé d'y convier tous ses élèves et ceux du peintre flamand. La place d'honneur fut pour Rubens, Van Dyck désirait céder la sienne à Juan de Paréja; mais celui-ci voulut rester le serviteur de son maître et se fit une gloire de servir ce Rubens qui lui paraissait mille fois plus grand encore, depuis qu'il l'avait apprécié d'une manière si flatteuse. Rubens était confondu des politesses de Juan. Il ne quitta point l'atelier sans avoir encore embrassé le nouveau confrère qui semblait l'adorer. Une médaille, où il avait fait graver son portrait, fut donnée par le peintre flamand au peintre mulâtre qu'il laissa au comble du ravissement.

Jamais le grand homme n'oublia les bons traitements que l'esclave avait reçus de Velasquez, jamais il ne consentit à se séparer de l'homme généreux qui du faîte de sa grandeur s'était abaissé jusqu'à lui petit et chétif, jusqu'à lui malheureux rebut de l'humanité, non pas pour le soulager, non pas pour le protéger, choses toujours humiliantes pour les grands cœurs, mais pour en faire son égal, que dis-je, pour en faire plus qu'un égal, plus qu'un frère, plus qu'un père et qu'une mère, pour en faire son ami. Il avait coutume de dire que le vrai génie seul savait apprécier la dignité de l'homme, et montrer à la terre ce qu'était la véritable générosité d'un cœur royal. Partout Juan accompagna son maître, se dévouant à lui comme le chien fidèle se dévoue à son bienfaiteur, comme un ami sincère peut seule se dévouer à son ami. Tous deux furent admis ensemble, le même jour, à l'académie de Saint-Luc, à Rome, qui comptait alors parmi ses membres le Dominiquin, le Guide, Pierre de Cortone, Poussin, Sandaert, le Guerchin et plusieurs autres grands noms.

Velasquez mourut en 1600 à Madrid, frappé d'une maladie contagieuse. Juan ne quitta son lit funèbre que pour aller continuer ses soins à sa veuve qu'il vit mourir huit jours après de la même maladie. Abîmé de désespoir, Juan se rendit alors près de la fille de son maître, dont depuis peu il avait obtenu la main pour son ami, le paysagiste Martinez del Mazo. — Senora, lui dit l'homme dévoué, il ne me reste plus que vous à aimer sur la terre; prenez-moi donc à votre service, si vous ne voulez pas que je meure.

— Entre, frère, entre, répondit la noble femme, nous aussi nous avons besoin de ton amour dévoué et magnanime.

Et Juan s'attacha de tout son dévouement à cette femme et à son mari, comme il s'était attaché à Velasquez et à sa noble épouse. Martinez lui dut même l'existence; car en 1670, pour un tableau que l'on montre au palais d'Araujuez, un grand seigneur de Madrid, se trouvant offensé, avait aposté un assassin chargé de poignarder Martinez. Juan qui accompagnait toujours celui à qui il s'était donné, se jeta au-devant du poignard, reçut le coup en pleine poitrine, et en mourut quelques heures après.

Le musée de Madrid possède de l'artiste mulâtre plusieurs portraits admirablement peints. La partie espagnole de l'immense musée de Paris s'est enrichie de deux de ses tableaux : l'un a pour sujet *les Saintes femmes au tombeau du Sauveur*, l'autre cette fameuse toile de *l'Ensevelissement*, qui reçut la lumière des mains de Rubens.

PIERRE DE MONTREUIL.

I

Les dernières lueurs du crépuscule coloraient d'un faible rayon la nef immense de l'église des frères dominicains à Paris. A cette lumière indécise, on pouvait encore contempler la merveilleuse architecture de ce temple, dont les gigantesques arceaux reposaient sur de légères et petites colonnettes, si déliées et si minces, que toute la masse paraissait suspendue dans les airs par la seule puissance d'une volonté surhumaine. Illuminé seulement par trois ou quatre lampes, ce temple qu'enveloppait de ses replis l'obscurité naissante, avait quelque chose de vague, d'immense, d'indéterminé, de fantastique, qui étonnait l'imagination et jetait l'ame dans une profonde rêverie et un religieux recueillement.

Or, un pèlerin venait de pénétrer dans l'imposant édifice, mais il ne prêtait nulle attention à tout ce qui l'entourait. Agenouillé dans un angle écarté, il tenait la tête baissée sur sa poitrine, poussait de douloureux soupirs, et parfois se tordait les mains, comme s'il eût été saisi des angoisses d'un sombre désespoir. Toute sa personne révélait cependant un homme d'une classe distinguée dans la société. Ses vêtements étaient ceux des savants; ses manières tenaient de la grâce et de la noblesse d'un gentilhomme. Ce qui frappait surtout en lui, c'était son front préominent, son regard plein de flamme, la ferme accentuation de ses traits qui dévoilaient une volonté de fer. Toute sa figure était, du reste, complètement bouleversée; une profonde douleur en avait contracté tous les linéaments, et dans son regard on lisait quelque chose d'anxieux, de perplexe et de navrant comme dans celui d'un agonisant. De grands et terribles malheurs avaient dû frapper cet homme pour l'abattre si profondément.

Dans ce moment, il se croyait seul dans le temple, bien que, depuis son entrée, il y eût été constamment observé par un religieux qui ne pouvait en détourner ses regards. Ce moine n'avait point encore atteint sa quarantième année, et cependant il paraissait déjà vieux. Son front n'était ni moins large, ni moins vaste que celui de l'étranger, mais on n'y apercevait plus que sur les tempes quelques rares cheveux de nuances argentées. Ce qui le vieillissait si fort c'était, je ne sais quelle fatigue répandue sur tout son visage et qui plissait son front de larges rides. Mais quand il relevait sa tête habituellement baissée, quand son œil noir, distrait et tourné vers la terre, s'animait tout à coup, alors il jaillissait de ses regards des éclairs tellement brillants, sa figure s'illuminait d'un tel rayonnement, qu'on se sentait pris, en sa présence, de je ne sais quel sentiment d'intimidation, de respect et d'admiration que je ne saurais définir. Et cependant dans le commerce ordinaire de la vie rien n'était plus doux que cet homme extraordinaire. Non-seulement il aidait les pauvres de ses aumônes, non-seulement il allait s'asseoir au chevet des mourants pour les réconcilier avec Dieu et pour leur montrer le ciel, qui les attendait au sortir de cette vallée de larmes, mais encore il courait au-devant du repentir qu'il ramenait dans la bonne voie à force de sollicitude, d'indulgence et de saints exemples. A sa tendre compassion pour les faiblesses de ses frères, il joignait une séduction de parole à laquelle résistait difficilement le cœur le plus endurci. Pour ne pas céder, il aurait fallu ne pas entendre sa voix harmonieuse, il aurait fallu ne point se trouver sous la magie de sa pâle et noble figure, sous la fascination de ce regard si brillant et cependant si triste et si doux.

S'approchant tout à coup de l'étranger qu'il n'avait cessé d'examiner, il lui demanda avec bonté ce qu'il était venu chercher dans le pieux asile et s'il ne pourrait lui être de quelque secours. L'inconnu, sans lui répondre, leva sur lui son regard effaré, puis le reporta sur les voûtes et les arcades du temple qu'il parcourut d'un œil attristé. Le religieux saisi de compassion, car il comprenait que sous ces manières étranges se cachait une profonde douleur, renouvella sa question d'un ton de voix plus doux et plus bienveillant encore : c'était presque une prière. Alors tournant lentement la tête, et enveloppant le moine d'un regard profond, l'étranger répondit : « La paix ! » Frappé de ce langage, le religieux lui dit à son tour :

— La paix ! mon frère, on la trouve dans un esprit dégagé des choses d'ici-bas et dans un cœur pur, tout entier rempli de l'amour du Créateur. Vous pourrez la trouver, si vous le voulez, à l'ombre de ce cloître où nous vous accueillerons avec bonheur et empressement, si vous y venez chercher un abri contre les tempêtes et les orages de la vie.

Au lieu de calmer l'inconnu, ces mots le jetèrent dans une effrayante agitation. Regardant fixement et d'un air sombre le moine qui se tenait debout devant lui, il s'écria d'une voix retentissante :

— Qui êtes-vous, vous qui, au nom du Ciel, me tenez un pareil langage? Ah! quand vous me connaîtrez, au lieu de me parler de miséricorde et de pardon, vous comprendrez qu'il n'est plus ni paix, ni bonheur, en ce monde ni dans l'autre, pour un réprouvé tel que moi.

— Frère, répondit le moine, je m'appelle Thomas d'Aquin, le plus indigne des serviteurs de Dieu. Mais au nom du Seigneur, quelle que soit la gravité des fautes que vous me paraissez avoir commises, je vous annonce miséricorde et pardon. David venait de faire assassiner son meilleur ami, son meilleur général, et cependant il osa dire ensuite au Seigneur : Pardonnez-moi à cause de l'énormité de mon péché, et Dieu lui pardonna. Il vous pardonnera de même, cher frère, si vous vous repentez.

L'étranger fut comme frappé d'une lumière soudaine en entendant ces paroles que le Ciel venait d'inspirer au saint docteur.

— Quoi! s'écria-t-il, vous êtes ce Thomas d'Aquin qui remplit l'univers entier du bruit de son génie?

— Je ne suis qu'un pauvre pécheur, reprit le docteur angélique.

— Ah! vous êtes un des plus grand génies que le monde ait connus, et c'est pour cela que je remercie Dieu de vous avoir jeté sur mes pas, car mon nom a aussi retenti parmi les hommes. Mais que dis-je, malheureux? ajouta-t-il, en se frappant la poitrine. N'est-ce pas le génie qui m'a poussé au crime? Mon père, continua-t-il, vous m'avez promis le pardon à cause de la grandeur même de mon crime, de ce crime qui, comme un sanglant fantôme, me poursuit sans relâche, de ce crime qui fait sans cesse renaître ma victime devant mes yeux! Tenez, mon père, la voilà, toute grande debout, échevelée, terrible, couverte de sang, un poignard dans le cœur, la main tendue vers moi pour me maudire, et qui me crie : « Assassin! assassin! »

Et l'inconnu était tout hors de lui en proférant ces paroles. Son regard effaré demeurait comme fixé sur le vide des ténèbres où il paraissait contempler un objet affreux, visible pour lui seul. Tous ses membres tremblaient; une sueur glacée perlait sur son front. C'était un spectacle terrible à voir que celui de cet homme dans cet instant solennel, et frère Thomas lui-même frissonnait en le contemplant. Un moment de silence anxieux régna sous les voûtes du temple, un sentiment de tristesse et d'épouvante s'était emparé de ces deux hommes : l'un frémissait d'horreur tant à cause des apparitions effrayantes qu'il croyait contempler, que parce qu'il avait de terribles aveux à faire ; l'autre, parce qu'il ne pouvait voir sans frissonner le criminel qui se débattait devant lui sous la main des remords, et parce qu'il comprenait combien les paroles qu'il allait entendre seraient effrayantes. Tout à coup, le saint tomba à genoux et se mit à réciter une prière au Père de toute lumière pour en obtenir une inspiration. Mais l'inconnu, pâle, atterré, le cœur battant avec force, le considérait avec épouvante dans l'attente et les angoisses d'un coupable amené devant le juge qui doit décider de son sort, et qui va le rendre à la liberté ou le jeter sous la roue du bourreau.

— Frère, dit tout à coup le saint, agenouillez-vous devant Dieu et confessez vos fautes.

— Me confesser ? Vous m'avez dit d'espérer ; j'ai cru à vos paroles et à la possibilité du pardon ; mais maintenant déjà je n'y crois plus. C'est que, voyez-vous, mon père, Dieu ne serait pas juste s'il pouvait me pardonner !

— Mon fils, vous blasphémez ce Dieu de clémence et de miséricorde. Agenouillez-vous et ne craignez pas d'épancher votre ame dans son sein.

— Prêtre ! prêtre ! si tu savais ce que tu exiges de moi ! Mais puisque tu le veux, écoute-moi bien : tu vas détourner la tête avec horreur en m'entendant ; tu vas me chasser sans pitié de l'église que je souille de ma présence ; tu vas me crier d'une voix tonnante : anathème ! anathème sur le plus lâche, le plus infâme, le plus pervers des assassins !

— Mon frère, vous ne savez pas, je le vois bien, ce que peut la miséricorde de Dieu. Mais peut-être le peu d'amour qu'il a placé dans les entrailles du plus indigne de ses serviteurs vous en fera-t-il comprendre toute l'immensité. Vous êtes un grand coupable, dites-vous ; eh bien ! malgré vos fautes, vous voyez devant vous un homme qui vous aime, qui vous aime de toute l'étendue de son cœur, qui donnerait volontiers sa vie pour vous rendre la paix, loin de vous chasser et de vous maudire. Oh ! venez dans mes bras, venez reposer sur mon sein ce cœur si agité, venez, que je vous embrase de toute l'ardeur dont mon ame est enflammée.

Et en disant ces mots, le saint s'élança dans les bras du malheureux, le serra avec tendresse sur sa poitrine, versa sur lui des flots de larmes. L'inconnu pleurait comme un enfant sous ces chaleureuses étreintes. Mais s'arrachant tout à coup des bras de l'ange, comme s'il eût craint de le souiller par son contact :

— Mon père, s'écria-t-il, que vous savez peu quel scélérat vous pressez ainsi sur votre généreuse poitrine, vous, le noble fils du comte Landolfe, le neveu de l'empereur Frédéric Ier, le proche parent de Louis IX, roi de France, le glorieux descendant de ce Tancrède de Hauteville, conquérant des Deux-Siciles, le génie le plus illustre de notre siècle, le saint...

— Mon fils, répondit Thomas, je ne suis que le plus chétif et le dernier des moines. Il n'y a pas un seul de nos religieux qui ne vaille beaucoup mieux que moi. Pourquoi donc vous étonner que je puisse vous aimer, quand le fils de Dieu lui-même est descendu du ciel, non pour les justes, mais pour serrer sur sa poitrine la brebis égarée et la reporter au bercail sur ses divines épaules?

— Mais je ne suis pas seulement une brebis égarée, mon père, je suis plus qu'un coupable, j'ai péché comme satan. Oui! l'orgueil m'a poussé, comme lui, à commettre un crime inouï. J'ai frappé, la nuit, par derrière un pauvre vieillard, qui me suppliait à deux genoux de lui laisser la vie. Mais ni ses larmes, ni ses cris n'ont pu me désarmer. Il se traînait à mes pieds, et j'ai frappé; il criait grâce, et j'ai frappé; il me demandait le temps de songer seulement à son salut, et j'ai frappé; j'ai tué l'ame avec le corps. Depuis lors, une voix de damné ne cesse de répéter dans le séjour des pleurs et des grincements de dents: « Eternellement tu seras là, près de moi, victime de mes vengeances implacables et inextinguibles! » Et cette voix ne reste pas renfermée dans l'enfer! Spectre horrible, ma victime en sort pour me harceler et me poursuivre en tout lieu. Je l'entends le jour, je l'entends la nuit; je la vois au milieu des ténèbres me lancer des regards ardents, brandir dans ses mains le glaive terrible qui l'a frappée, m'accabler de ses effroyables malédictions. Déjà, mon père, quoique je vive encore, je porte partout l'enfer avec moi; l'enfer! savez-vous où il est? Il est au fond de ce cœur que vous venez de presser sur votre poitrine; de ce cœur dont vous m'avez demandé l'amour; de ce cœur, entends-tu, prêtre, de ce cœur qui est la possession de satan! Eh bien! tu ne parles plus de pardon? Te voilà plus pâle et plus atterré que moi! Dis-moi, moine, où sont tes consolations et tes pénitences? que deviennent tes promesses de miséricordes? Maudit, damné! Je suis maudit, je suis damné pour l'éternité!

— Mon fils, vos crimes sont grands; mais David avait aussi souillé d'un meurtre ses mains royales; mais le bon larron avait comme vous trempé ses mains dans le sang, et cependant Dieu leur a pardonné, tant est grande la miséricorde divine!

— Ah! j'ai commis bien plus qu'un assassinat! Ecoute, prêtre, et frémis! Dévoré de l'amour de la gloire, cette fièvre étrange qui fait bouillonner le sang dans nos veines comme une lave ardente; entraîné par l'orgueil du génie, cette couronne d'épine qui déchire tant le front qui la porte, j'avais rendu mon nom fameux dans toute l'Allemagne par les monuments magnifiques que ma pensée avait conçus, quand tout à coup j'appris que le roi Louis voulait faire élever près de son palais le plus beau temple du monde catholique.

Tous les artistes de l'Europe étaient appelés à concourir. Je résolus de faire mieux que tout ce que j'avais imaginé de plus beau jusqu'alors, et je réussis ! Jamais mon génie ne s'était élevé d'un vol aussi hardi et aussi grand ; jamais les conceptions de mon talent n'avaient réalisé plus d'harmonie et de grâce. A l'extérieur, des trésors de ciselures ; une flèche si légère que nul ne saurait comprendre comment elle pourrait résister à la tempête ; mille figures d'anges ou de démons formant des groupes d'un ensemble unique et cependant infini par la variété et l'immensité des détails ! A l'intérieur, deux chapelles l'une sur l'autre ; des voûtes d'une hardiesse surprenante et ne reposant que sur des colonnettes d'une délicatesse merveilleuse ; des ogives d'une beauté et d'un travail achevé ! Oh ! quelle ne sera pas ma joie, me disais-je, quand des milliers de sculpteurs et de maçons soumis à un signe de ma main, esclaves du moindre de mes regards, commenceront à réaliser ma noble et sublime pensée, à exécuter l'œuvre la plus parfaite qu'on aura jamais vue ! Pas une pierre ne sera posée sans avoir été soumise à ma surveillance ; une mère a moins de sollicitude pour son enfant que je n'en aurai pour mon église, cette église qui doit immortaliser mon nom, et me faire proclamer le premier génie du monde entier ! Puis viendra la récompense de tant de soins et de travaux ; l'inauguration du temple sacré ; la foule qui se presse et qui pleure d'admiration et de joie ; les chants de l'orgue ; les parfums de l'encens ; le soleil qui jette ses splendeurs à travers les vitraux ; le roi Louis à deux genoux devant l'autel construit par moi ; Paris, la France, l'univers, proclamant mon nom avec transport et consacrant ma gloire, une gloire contre laquelle les siècles ne pourront rien, contre laquelle viendront également échouer et la mort et l'envie pire que la mort ! Quel enivrement !

— Cher fils, cet enivrement était causé par le poison d'un coupable orgueil ; ce n'était pas cette joie pure que goûte l'homme de génie qui attribue à Dieu seul tout le bien qui est en lui ; car vous le savez, c'est Dieu qui a créé ces brillantes facultés d'une intelligence supérieure ; c'est lui qui les conserve, qui les vivifie, qui les fait fructifier en nous. Pourquoi donc nous tant complaire dans les créations qui ne nous appartiennent pas ? Mais je ne comprends pas encore quel rapport il y a entre cette fièvre de la gloire qui vous dévorait et la mort de cet infortuné vieillard.

— Attendez, mon père, attendez ! et vous allez comprendre le plus lâche et le plus monstrueux des forfaits. J'allais toucher au terme de ma route ; je n'étais plus qu'à quelques lieues de Paris, lorsque je rencontrai ma victime. Ce vieillard me plut, tant sa physionomie était heureuse, son regard limpide et pénétrant, son esprit prompt, ses paroles ingénues et paternelles. Je me liai d'amitié avec cet homme que je connaissais à peine depuis quelques heures, mais, hélas! cette amitié devait être celle d'un nouveau Judas. Cependant nous nous confions mutuellement nos projets. Il voyageait comme moi dans le but de présenter au roi les plans qu'il avait exécutés pour la sainte chapelle. Il était plein d'une douce confiance, et moi, dans mon fol orgueil, je me riais de lui, car, me disais-je, qui pourrait jamais lutter contre moi? Cependant, il offrit plusieurs fois de me montrer ses plans; je refusai d'abord de les voir. Ah! que ne l'ai-je fait jusqu'au bout, je me serais épargné un bien grand crime. Mais enfin la curiosité me vainquit! Curiosité fatale, sois à jamais maudite! Je vis, et si la foudre m'eût frappé dans cet instant, je n'aurais pas été atteint d'une plus profonde immobilité. Mais comment vous faire comprendre ce que je devins à l'aspect de la merveille que j'avais devant moi? Abîmé dans une profonde stupéfaction, je ne voyais plus; je palpitais, je tremblais, mon esprit s'égarait; mes yeux devaient lancer des flammes, ma tête était en feu, j'étais vaincu! Oui, mon père, cet homme avait plus de génie que moi! Ma gloire m'échappait, il me fallait retourner dans mon pays, le front couvert de honte, déshonoré; je n'étais plus le premier architecte du monde, j'étais vaincu! Vaincu! comprenez-vous ce mot terrible, mon père, vous qui avez aussi du génie? Ah! ne me demandez pas ce qui se passa dans ce moment au fond de mon ame, quelles pensées me brûlaient, quelle fièvre me dévora!

« Tout ce dont je me rappelle, c'est que la nuit dans un bois, je vis à genoux devant moi un pauvre vieillard me crier grâce, me demander seulement le temps de dire une prière, et je fus inflexible, et je rougis mon bras du sang innocent, et j'enlevai au monde un des plus grands génies qu'il eût jamais possédé. Je fis plus, mon père, je commis un forfait plus détestable encore que celui de son assassinat, j'anéantis sa gloire! Ah! si, à mes yeux, il est un crime affreux sur la terre, c'est celui-là! Car moi, mon père, j'aimerais mieux me voir arracher mille fois la vie, que de voir détruire l'œuvre de mon génie. Aussi depuis lors n'ai-je plus goûté un instant de repos! O enfer! enfer! ce sont tes brasiers qui me dévorent! J'ai voulu me rendre au palais du roi Louis, mais un esprit invisible m'en a repoussé. Contre les implacables fureurs de ma conscience, je suis venu dans ce lieu chercher un asile. Prêtre! crois-tu encore que mon crime puisse s'expier, que je puisse recouvrer un peu de cette paix qui m'a fui?

— Je le crois! mais il faut que la pénitence soit égale au forfait, dit le saint.

— Oh! quelle pénitence pourrait jamais l'égaler? Entasse tant qu'il te plaira les macérations, les jeûnes, les prières, tout cela ne sera rien. Je suis prêt à tout! Parle, et je t'obéis!

A ces mots, le Dominicain changea tout à coup. Ce n'était plus un chrétien qui pleurait et qui consolait, c'était un juge. Étendant dans l'ombre sa main amaigrie, d'une voix grave et solennelle, il s'écria :

— Si tu veux obtenir ton pardon, écoute ce que Dieu te commande par ma voix.

— Parle, je t'écoute.

— Renonce à tes rêves insensés de gloire, et ne sois plus désormais qu'un moine obscur, sans autre nom sur la terre que celui de frère Antoine!

— J'obéirai.

— Revêts-toi du cilice et du froc; couche sur la pierre; interromps ton sommeil la nuit pour te frapper de la discipline, ne mange qu'un pain noir souillé de cendre; ne bois que de l'eau mêlée de fiel!

— J'obéirai.

— Condamne-toi au silence le plus absolu; que tes lèvres ne s'ouvrent que pour la prière; si l'on t'insulte, agenouille-toi; si on te frappe, baise la main qui t'aura frappé; si quelqu'un te reconnait et te parle de ton génie, réponds-lui : Je ne suis qu'un pauvre moine.

— J'obéirai.

— Et pour que l'expiation soit complète, livre au feu les plans qui t'ont fait commettre un crime; jette leurs cendres aux vents, et qu'ils périssent comme ceux de ta victime.

— Ah! pour ceci, jamais! jamais! s'écria le coupable qui s'était relevé subitement. Et son œil brillait comme une fournaise; et tous ses membres tremblaient; et ses cheveux s'agitaient sur ses tempes; le sang lui brûlait la tête.

— Malheureux! s'écria le saint, tu veux donc te damner!

— Quoi! j'aurais consumé tant de jours à créer cette œuvre; pour elle, je n'aurais pas reculé devant le plus exécrable des crimes, et je périrais sans en avoir recueilli le moindre fruit? Moi! détruire la plus noble, la plus grande, la plus sublime de mes pensées! Souffrir qu'un autre édifie la Sainte-Chapelle! Mourir sans avoir vu se réaliser mon rêve. Non, je ne saurais renoncer à voir ma pensée s'anéantir, à voir mon beau poème périr pour toujours. J'accepte la pénitence; je prierai, je pleurerai, je me déchirerai à coups de discipline; je ne dirai à personne mon nom, si glorieux et si célèbre cependant, non, pas même à toi. Mais tu n'exigeras point que je brûle mes plans, tu n'exigeras point que je laisse un autre élever la Sainte-Chapelle; tu n'exigeras point que ma création périsse.

Et sa voix, naguère humble et tremblante, retentissait maintenant avec fracas sous les voûtes sonores de l'église déserte. Il s'agitait avec violence ; son visage était embrasé ; toute l'horreur d'un mortel désespoir se peignait sur ses traits décomposés. Le Dominicain eut pitié de cette immense douleur. Plutôt que de perdre cette ame énergique ; plutôt que de repousser la brebis venue à la porte du bercail, il préféra céder sur ce point de la pénitence.

— Eh bien ! écoutez. Que Dieu me pardonne ma faiblesse et ne me punisse pas d'une indulgence, coupable peut-être. Vous ferez remettre vos plans au roi Louis par une personne qui ne révèlera jamais votre nom. Votre œuvre sera exécutée, mais la gloire ne vous en appartiendra pas.

— Oh ! merci, mon père, merci ! Que m'importe la gloire, pourvu que mes plans ne soient point brûlés, pourvu que ma pensée ne périsse pas et s'exécute. D'ailleurs personne ne s'y méprendra, car quel autre que moi pourrait créer une semblable merveille ? Chacun dira : Lui seul en a pu être l'auteur. Merci, mon père, merci !

Le saint sourit tristement de ce singulier mélange de repentir et d'attachement aux vanités mondaines, mais il avait une foi trop éclairée et une piété trop charitable pour ne pas être indulgent.

II

Il y avait, au treizième siècle, dans le quartier Sainte-Opportune, un pâtissier fort en renom, chez lequel ne dédaignaient pas de s'approvisionner les plus grands seigneurs. Habitué à voir sa boutique se remplir de tout ce que le cour renfermait de plus élégant et de plus riche, maître Jacques de Montreuil ne l'aurait pas échangé contre les cuisines royales, car il prisait beaucoup moins le joli revenu qu'elle lui apportait par année, que la réputation d'habile pâtissier dont il jouissait sans conteste. Dans ses mains, son métier était devenu un art qui lui valait gloire et fortune, et sa plus grande ambition aurait été de voir son fils hériter de ses talents et de son illustration. Malheureusement, Pierre ne témoignait pas la même admiration pour la noble profession de son père. Personne cependant ne pâtissait mieux que lui un surtout de table, et ne dessinait avec plus de perfection des gâteaux de formes merveilléusement ouvrées. Mais hors de ce talent unique, il montrait pour tout le reste, une ignorance et une mauvaise volonté qui désespéraient son père, et le jetaient en des colères fort bouffonnes pour tout le monde, excepté pour celui qui s'en trouvait la victime. Car non-seulement Jacques de Montreuil battait outrageusement son fils, mais encore, à la grande humiliation du pauvre jeune homme, il racontait au premier venu ses chagrins et son ineptie.

Pierre alors se retirait dans sa chambre pour y pleurer à loisir et maudire à son aise la profession paternelle, car plus on le tourmentait à ce sujet, plus il la prenait en aversion. Puis insensiblement ses regards se reportaient sur les fleurs étalées sur sa croisée; sur les dessins éparpillés sur sa table et dus au seul caprice de son imagination ; sur les flèches de l'Eglise gothique du quartier, qu'il avait plusieurs fois dessinées, sans maître, dans toutes ses parties, et alors il se prenait à rêver. Il rêvait, le noble jeune homme, à tout un monde d'illusions ! Il se disait que lui aussi pourrait, quelque jour, se faire instruire dans l'art divin de l'architecture; qu'il pourrait écrire en pierre tout le poème de ses pensées; que son nom aurait du retentissement parmi les hommes ! Et un sourire s'épanouissait sur ses lèvres; son visage mélancolique se rassérénait; son grand et noble front reprenait sa beauté grave et douce; il n'était plus le même être. C'était alors un grand et svelte jeune homme à l'œil voilé, mais profond, à la taille fine et déliée, aux formes plutôt féminines que viriles. Il y avait dans toute sa personne un air d'intelligence et de bonhomie qui excitait la sympathie. Rien qu'à le voir, on était porté à l'aimer et on croyait pressentir pour lui de sublimes destinées.

Quinze jours après l'entrevue du père Thomas avec son pénitent, maître Jacques faisait une grosse querelle à son fils, et le menaçait de sa canne en dépit du scandale que ses éclats causaient dans la rue. Le malencontreux jeune homme venait de renverser un pâté destiné au dîner du sire de Joinville, et le père courroucé ne se sentait ni la force, ni le courage d'en confectionner un second pour le moment voulu. Pierre, pour éviter la fureur de Montreuil, s'était élancé dans la rue avec tant de précipitation qu'il alla heurter un novice dominicain que la violence du choc faillit renverser. Le religieux s'interposant entre le père et la victime, son caractère ecclésiastique comprima tout à coup la violence de maître Jacques, qui se mit à expliquer longuement les griefs qu'il avait contre son fils. C'était, du reste, tout ce qu'il voulait, car sa colère n'en venait jamais jusqu'aux coups que faute d'avoir quelqu'un pour écouter ses doléances. Le novice dominicain, qui n'était autre que le frère Antoine, tout en écoutant ses plaintes, ne put réprimer un mouvement de surprise, lorsqu'en jetant les yeux autour de lui, il aperçut une sorte d'église que Pierre venait de modeler en terre, en attendant qu'il pût la mouler en pâte de biscuit. C'est qu'aussi bien cette ébauche n'était point une chose ordinaire, et, malgré l'usage trivial auquel on la destinait, le moine y reconnut du premier coup-d'œil un indice de talent qui lui avait été si fatal. Dès lors une vive sympathie pour le jeune homme émut son cœur.

— Maître Jacques, dit-il, en se pliant aux idées absurdes du pâtissier, la vocation est libre. Si l'on vous eût obligé à ne construire que des surtouts de table, sans jamais faire de gâteaux, cela vous eût révolté, et vous n'eussiez pas manqué de crier à l'injustice. Pourquoi donc ne pas avoir pour cet enfant l'indulgence que vous eussiez exigée pour vous? Vous êtes fier et orgueilleux de votre talent; eh bien! votre fils peut aussi acquérir dans une autre carrière une réputation qui se répandra dans toute l'Europe. Au lieu d'hériter de votre nom, il s'en créera un nouveau plus splendide et plus brillant. Il est si doux d'être le fils de ses œuvres; de ne devoir qu'à son travail et non au hasard de la naissance et de la fortune, de la protection et des intrigues, le noble nom qui doit immortaliser notre gloire dans tous les siècles! Y a-t-il rien de comparable à cela sur la terre? Devenir un Homère, d'enfant naturel et méprisé qu'on était né; un Virgile, un Horace, un Ovide, de pauvre petit-fils d'esclave, quelle gloire, quel honneur, quelle immortalité! Et ne le devoir qu'à soi seul! Ah! croyez-moi, il n'y a point de splendeur comparable sous le soleil! Eh bien! si vous voulez m'envoyer votre fils au couvent, je me charge de vous en faire un de ces êtres merveilleux qui sont comme le résumé de ce qu'il y a de plus divin sur la terre.

Et tout en s'abandonnant au sentiment d'exaltation que ces paroles éveillaient au fond de son cœur, il oubliait le froc de moine dont il était couvert, et ne voyait plus que les sublimes destinées des grands artistes, telles qu'il les avait si longtemps rêvées. Son œil de flamme étincelait; une émotion convulsive faisait trembler tout son corps. L'enthousiasme venait d'envahir cette grande ame que dévorait un génie sublime et l'emportait loin des misérables régions de la terre sur son char de feu. Bientôt cependant il ajouta, en retombant dans la réalité impitoyable et railleuse qui broyait toutes ses facultés dans ses étreintes de fer.

— Je voulais dire que je demanderai au père supérieur la permission de recevoir votre fils et de le diriger dans la carrière de l'architecture, si vous consentez à me le confier.

— Mais dites donc que oui, mon père! s'écria le jeune homme en sautant au cou de l'inconnu, et le couvrant de larmes brûlantes et de baisers. Le moine comprit qu'il avait trouvé l'homme qui lui convenait; la sensibilité qui fait jaillir de nos yeux des larmes d'admiration, lui paraissait le plus sûr indice du vrai génie. Mais Jacques de Montreuil, ébabi de tout ce qu'il voyait et entendait, ne savait que répondre et demeurait dans une muette stupéfaction. Enfin, il dit :

— Pierre, mon honneur est sauvé ! suis ta vocation.

Pour toute réponse, Pierre sauta au cou de son père, qui s'efforça de lui cacher les larmes dont ses joues étaient couvertes, en le rudoyant un peu, et le traitant de mauvaise tête.

Une heure après, frère Antoine frappait à la porte de la cellule du père Thomas, qui terminait en ce moment une réfutation de l'*Evangile éternel*. Le saint vint ouvrir, et ne fut pas peu surpris, en voyant entrer le frère qu'il avait enrôlé dans la sainte milice. Le visage pâle, altéré, abattu, de cet homme exprimait des émotions si vives, que Thomas en fut presque alarmé.

— Mon père, bénissez-moi et pardonnez-moi, dit-il, car j'ai encore eu des pensées d'orgueil ; mais, je vous le jure, ce seront les dernières.

— Il faut garder votre cellule, mon frère, et ne plus sortir, autrement elles triompheront de vous et de toutes vos résolutions.

— Je le sais, mon père, aussi ne sortirai-je plus, car j'ai trouvé ce que vous m'aviez permis de chercher.

— Un homme capable de vous comprendre.

— Non ! un enfant. Oh ! mon père, mon père, remerciez Dieu avec moi, car, si vous le voulez, maintenant tous mes plans seront réalisés. Tout à l'heure, le hasard m'a fait rencontrer dans la rue un enfant doué de dispositions étonnantes. En quelques semaines, je puis le mettre en état de remplir mes vues. Une fois assez instruit, je l'enverrai près du roi avec mes plans. L'étrangeté du fait excitera vivement l'attention du monarque; on chargera cet enfant de la construction de l'édifice, et je pourrai le diriger dans son exécution, ignoré de tous et sans manquer au vœu que j'ai fait entre vos mains. Après cela, mon père, je vous en fais le serment, je ne m'occuperai plus que de mon salut et de l'expiation de mes crimes. O dites ! dites que vous consentez !

Thomas d'Aquin hésita quelques instants encore, mais refuser, c'était perdre une ame, et il céda.

— L'enfant, sans faire connaître l'auteur des plans, ne dira point positivement qu'ils sont de lui.

— Il ne le dira point, mon père, il ne le dira point ! Vous consentez, n'est-ce pas?

III

Quelques semaines après cette conversation, frère Antoine, assis dans sa cellule près du jeune Pierre, l'initiait à tous les mystères artistiques de son importante épopée architecturale. C'était un spectacle étrange que celui de cet homme naguère assassin par jalousie d'artiste, se dépouillant à cette heure de tout son savoir pour en revêtir un enfant. Rien n'égalait l'ardeur du maître, si ce n'est l'enthousiasme de l'élève qui saisissait toutes les difficultés les plus abstruses avec une merveilleuse intelligence.

— Pierre, hâte-toi, disait le frère Antoine, il s'agit ici de ta réputation et de ton immortalité, aussi bien que de la réalisation de mon plan, et un autre pourrait nous devancer et faire agréer ses plans au roi Louis. Alors, mon enfant, adieu la gloire pour ton jeune front, adieu le bonheur de voir s'élever ma belle église pour mon ame en peine! Et puis, vois-tu, j'en mourrais de désespoir. Hâte-toi donc de t'initier aux mystères du grand art, car ce n'est pas seulement un édifice que nous devons construire, c'est encore un livre, un livre immense dont chaque lettre est une pierre, un poème vaste, beau, admirable, comme ce chef-d'œuvre de Dante, dont je t'ai parlé. Etudie d'abord bien ce portail où se cachent tous les symboles hiéroglyphiques que notre maître, le père Thomas d'Aquin, a révélé dans son livre célèbre sur l'alchimie. L'ange de droite qui plonge sa main dans une nuée désigne l'esprit céleste sans le souffle duquel le grand œuvre devient impossible; l'autre, qui enfonce ses doigts dans une urne, personnifie la terre où se cachent tous les trésors que doit féconder l'influence mystérieuse des astres et du soleil. Les autres figures, placées entre les deux anges, sont des opérations qui se succèdent jusqu'à l'accomplissement du suprême mystère; onze anges qui prient à genoux, signifient onze journées de macérations; douze qui s'envolent expriment douze journées d'ébullition; le jugement dernier avec les bons d'un côté et les méchants de l'autre, indique la séparation des éléments inutiles et des éléments purs: enfin, sur le pilier qui sépare les deux balcons, une statue du Christ s'élève victorieuse, c'est le succès, c'est le grand œuvre accompli.

Et continuant les mêmes explications pour tout l'édifice, il lui faisait comprendre, pièce à pièce, détail à détail, ces immenses allégories, ainsi que les proportions, le mode de construction, les procédés à employer pour édifier cet étonnant et magnifique monument.

Mais déjà le jeune enfant saisissait si bien toutes les idées de son maître jusque dans leurs moindres détails, qu'il aurait trompé le plus habile architecte par l'aplomb et l'intelligence avec lesquels il démontrait l'ensemble et les parties de l'église en projet. Il employait les termes techniques sans hésiter, et avec une précision qui prouvait combien il en connaissait parfaitement la valeur et jusqu'aux moindres nuances. Enfin, sur les observations étonnantes de sagacité que lui fit ce jeune homme, frère Antoine se vit même obligé de modifier quelques parties de ses plans. Il fut donc décidé que Pierre était en état de se présenter devant le roi.

Vêtu d'un pourpoint neuf, son rouleau de parchemin sous le bras, il se mit en route vers le palais où le roi recevait avec tant d'affabilité, à certaines heures, tous ceux qui avaient besoin de lui parler. Frère Antoine accompagnait son jeune protégé dans cette épreuve difficile.

On les introduisit dans le jardin royal, où ils trouvèrent le monarque assis sur un banc de gazon, à l'ombre d'un grand orme qui formait un immense dôme de feuillage au-dessus de sa tête. La reine Blanche se tenait assise à droite du roi, dont elle suivait le moindre geste et recueillait la moindre parole avec une avidité toute maternelle. On se sentait ému d'un respect religieux en présence de cette princesse d'une beauté majestueuse, et sur laquelle les habits de veuve qu'elle n'avait jamais quittés depuis la mort de son époux, répandaient je ne sais quelle tristesse mystérieuse que l'on partageait sans le vouloir. Un long voile blanc couvrait sa tête, et sa main petite et délicate, roulait un à un les grains d'un chapelet d'olivier dont un pèlerin avait recueilli le bois sur la montagne où Jésus fut livré par Judas. Quant au roi, on se demandait comment tant de gravité se trouvait sur le visage d'un gracieux jeune homme de vingt ans, dont les courtisans comparaient déjà la sagesse à celle du roi Salomon.

Vous pouvez juger de l'émotion du jeune homme, lorsqu'il se vit en présence de ces augustes personnages. Ses jambes pensèrent lui manquer, tant il était interdit, et son cœur battait avec force dans sa poitrine. Cependant, s'armant de courage, il alla s'agenouiller devant le monarque, et ne se sentit pas peu affermi, quand relevant les yeux, il se trouva tout près du père Thomas d'Aquin. Sa jolie figure avait, du reste, intéressé la reine et le roi, car ils échangèrent entre eux un sourire, et le monarque le questionna avec une bonté toute particulière.

— Calmez-vous, mon fils, et dites-nous sans crainte quel peut être l'objet de votre démarche.

— Sire, je viens vous supplier d'agréer les plans que j'ose vous présenter pour l'érection de la Sainte-Chapelle.

— Des plans pour notre Sainte-Chapelle? Je suis curieux de voir ce qui nous peut venir de la part d'un si jeune homme. Cependant, n'espérez pas trop, car la désillusion serait trop cruelle, et tant de plans des plus grands maîtres ont déjà été refusés.

— Sire, ceux-ci ne le seront pas, si vous daignez les examiner.

Cette espèce de présomption ne déplut pas trop au jeune roi. Il admirait la franchise, l'assurance et l'air d'inspiration qui brillaient dans les regards du jeune homme. Déployant les précieux vélins, il plongea un œil avide sur les dessins, pendant que la reine mère se penchait sur l'épaule de son fils pour mieux voir. Mais à peine eurent-ils entrevu les merveilles étalées sous leurs yeux, qu'un cri d'admiration s'échappa de leurs lèvres.

— Ceci tient du prodige! s'écria le roi, et rien de ce que m'ont montré les architectes venus de toutes les parties du monde, n'approche du plan que voici. Est-ce vous, mon fils, qui avez dessiné ces merveilles?

— Sire, je les ai toutes dessinées de ma propre main.

— Vous, si jeune, vous en seriez l'auteur? C'est impossible.

Frère Antoine sentait une sueur glacée lui perler sur tout le corps. Il y eut une seconde d'attente terrible. Mais avec une candeur et une ingénuité digne d'un séraphin, le jeune Pierre de Montreuil répondit sans embarras :

— Sire, en assurant que j'avais dessiné tous ces plans de ma propre main, je n'ai pas prétendu dire que j'en étais l'auteur.

— Alors quel est-il donc? s'écria le roi : pourquoi ne s'est-il pas présenté lui-même? Serait-il mort? Oh! s'il vit, nommez-nous-le, faites-nous-le connaître, afin que son beau génie soit récompensé comme il le mérite.

Un court silence suivit ces paroles. Toute l'assemblée faisait entendre un murmure d'attente et de surprise. Thomas d'Aquin tremblait et frère Antoine pleurait, ivre des éloges, qui, de la bouche du roi, étaient tombés comme des brandons ardents dans sa poitrine. Pierre, plaçant la main sur son cœur, pour en comprimer les mouvements, répondit d'une voix douce et ferme :

— Sire, l'auteur de ces merveilles est vivant.

— Son nom! son nom! s'écria le roi, afin que nous puissions dignement l'honorer.

— J'ai juré sur mon salut de ne le révéler jamais...

— Eh bien! nous respecterons son secret; nous ne lui demanderons pas un nom qu'il veut tenir caché; mais au moins qu'il se présente à nous, qu'il vienne recevoir sa récompense et nos félicitations.

— Sire, cet homme vit, mais il n'est plus de ce monde; il s'est réfugié dans un cloître loin des bruits de la terre; il n'a plus besoin d'autre récompense que celle qu'il attend du Ciel.

— Et qui donc alors exécutera son chef-d'œuvre?

— Si Votre Majesté veut me charger de diriger les travaux, répondit l'artiste avec un noble orgueil, je vous réponds qu'ils seront exécutés dignement et de façon à mériter gloire et louange.

— Je puis à peine croire à tout ce que je vois et entends, tant je tombe de surprise en surprise.

— Sire, ma loyauté à garder le secret de mon bienfaiteur, parce qu'il y va du salut de son ame, doit vous être un garant de mes paroles. Un mensonge m'aurait peut-être mieux assuré la réussite d'un projet dont l'exécution doit décider de tout mon avenir; mais je me suis rappelé les paroles de votre auguste mère, disant qu'il valait mieux mourir que de commettre un seul péché.

Un murmure favorable de l'auditoire accueillit cette délicate flatterie à la reine mère qui en parut satisfaite. Le cœur de frère Antoine battait à se rompre dans sa poitrine. Thomas d'Aquin remerciait Dieu d'avoir sauvé cet enfant du mensonge. S'avançant vers le roi, il lui dit d'une voix émue :

— Sire, le Saint-Esprit a daigné répandre sa lumière sur cet enfant et le sauver du mensonge auquel je n'avais pas eu honte de l'exposer, car je connais son secret, Sire, et j'admire la sagesse que Dieu a mise en lui.

Etonné de ces paroles, le roi s'entretint quelque temps à voix basse avec la reine mère, puis il appela le dominicain dont il voulait requérir les conseils. Tout le monde s'était éloigné pendant cette conférence; mais bientôt le roi rappela la cour et le jeune artiste auquel il demanda son nom. Lorsque l'enfant le lui eut dévoilé, le monarque ajouta :

— Eh bien! Pierre de Montreuil, nous respectons votre secret et nous vous nommons notre architecte royal pour exécuter les plans que vous nous avez remis. Dès demain, les matériaux, les ouvriers et l'argent nécessaires seront à votre disposition. Allez donc en paix, et n'oubliez jamais par quelles voies miséricordieuses, Dieu vous a élevé d'une condition obscure et humble à un tel degré d'honneur.

Pierre de Montreuil s'éloigna en compagnie du père Thomas et de frère Antoine, qui s'était recouvert la figure de sa capuche pour ne pas trahir la violence de ses émotions. Quand ils furent rentrés au couvent, ce dernier dit au jeune homme :

— Pierre, je te remercie de ton application à m'écouter, car tu as sauvé mon ame, en m'ôtant le seul regret qui pût me rattacher à la terre : mon œuvre ne mourra point. Maintenant, je vais expier dans la pénitence le crime que j'ai commis et que toutes mes larmes ne pourront peut-être jamais effacer. Je prierai Dieu de t'accorder la grâce d'achever dignement le grand œuvre dont tu es chargé. Si mes leçons et l'art divin que Dieu a mis en toi ne te suffisent point, viens frapper à la porte de ma cellule, mes conseils t'aideront. Mais ne viens que si la nécessité l'exige, entends-tu bien? car je veux mourir au monde et oublier tout ce qui n'est que gloire et fumée, en m'abîmant dans le repentir de ma faute. Adieu, mon enfant, que le Ciel te protége.

Pierre fondait en larmes. Il s'agenouilla devant frère Antoine, qui posa ses mains tremblantes sur la tête du jeune homme et murmura une courte prière, après quoi le moine rentra brusquement dans sa cellule, sans répondre aux paroles d'adieu que lui criait Pierre. Celui-ci ému jusqu'aux larmes, par tant d'impressions diverses, courut chez son père qu'il embrassa avec transport en lui racontant tout ce qui était arrivé depuis son absence. Jacques de Montreuil tombait des nues et ne pouvait revenir de sa surprise et de son étonnement. Essuyant de grosses larmes qui lui tombaient des yeux, éprouvant maintenant une sorte d'embarras, de gêne et de respect devant cet enfant qu'il maltraitait naguère encore et qui se trouvait être un grand génie :

— Vous, Pierre! vous! s'écriait-il, architecte du roi Louis, neuvième du nom, commensal de son palais, marchant d'un pas égal aux Joinville, aux Thibaut, à tous les grands de la cour!

— Oui, mon père, je suis l'architecte du roi et son commensal, et bientôt, je l'espère, je serai l'ami de tous ceux qui aiment les arts, ce qui est bien préférable. N'est-il pas beau, mon père, de devenir ainsi l'enfant de ses œuvres et de ne devoir qu'à soi-même et non à la naissance ou à la richesse le bruit qu'on doit faire dans le monde?

IV

Enfin la Sainte-Chapelle était achevée, et bientôt allait se faire l'inauguration de l'édifice. Non-seulement elle était l'objet de la curiosité de tout Paris, mais déjà l'on s'en redisait les merveilles jusque dans les provinces les plus reculées de la France. On prétendait que l'architecte avait dû recourir à des moyens surnaturels pour élever toutes ces flèches si hautes et si légères qu'il semblait presque impossible qu'elles fussent construites en pierre. On avait attendu avec impatience le jour du retrait des échafaudages, qui soutenaient les sculptures, car on croyait qu'une fois sans support, ces hardies colonettes, ces goules jetées en avant, s'écrouleraient et entraîneraient après elles une partie de l'édifice; mais Pierre de Montreuil triompha de cette première épreuve, et ses ennemis les plus jaloux et les plus acharnés n'eurent plus d'autres ressources que d'accuser l'architecte d'avoir fait un pacte avec le démon pour qu'il l'aidât à construire la Sainte-Chapelle, tant cette église est un chef-d'œuvre inouï de grâce et de légèreté! Heureusement pour Pierre que saint Louis ne croyait pas au commerce des hommes avec le prince des éternels abîmes!

Mais aussi avec quel courage héroïque, quelle inébranlable persévérance, Pierre n'avait-il point dû lutter contre tous les obstacles pour en arriver là! Combien de nuits n'avait-il pas passées à l'étude pour tout coordonner dans une immense et vaste unité? Que de fois, se souvenant de la défense du moine, qui ne lui avait permis de venir que si une nécessité absolue l'exigeait, il avait senti le découragement envahir son ame.

Cependant, fidèle à la promesse qu'il lui avait faite, jamais il n'avait été frapper à la porte du frère pour requérir ses avis; mais en cela n'avait-il pas agi plutôt en artiste qu'en homme reconnaissant, et au fond, frère Antoine n'eût-il pas mieux aimé lui voir violer sa promesse que de le savoir si fidèle? Telles étaient les questions que se posait le jeune artiste.

Enfin il se décida à aller le voir.

En ce moment, le pauvre frère, malgré la rigueur de sa pénitence et la ferveur de son repentir, attendait sans cesse dans les angoisses du doute celui qui devait lui parler de la seule pensée qu'il eût laissé sur la terre. Oh! que de fois, troublé dans ses prières, le cœur palpitant, l'œil en feu, il se pencha contre les portes de sa cellule pour écouter si les pas qu'il entendait grincer sur les dalles du cloître n'étaient pas ceux de Pierre ! Mais déçu dans ses espérances, il retombait sur lui-même et se demandait si son brillant élève n'était point mort, si son œuvre se continuait, si ses yeux pourraient enfin lire, construire en pierres, le poème pour lequel il avait failli perdre son ame.

— L'ingrat, s'écria-t-il alors, il m'oublie, il m'abandonne, il me laisse là sans me dire : ton église s'achève, ta pensée se réalise. Il ne sait donc pas, le bourreau, jusqu'à quel point il compromet mon salut, et me perd pour l'éternité ! Je ne puis prier. Oh ! pourquoi mes vœux me retiennent-ils ici ? Pourquoi ai-je juré de ne pas franchir le seuil de ce cloître? Pourquoi un ruisseau de sang, le sang de ma victime se met-il entre le monde et moi ? Je serais maintenant occupé à construire mon noble édifice, tandis que le jeune insensé auquel j'en ai confié si follement le soin, a sans doute plié sous le poids d'un tel fardeau ! Ah ! si jamais il était mort ! mort avec mon œuvre disloquée, perdue, anéantie ! Mais non, c'est impossible. On ne laisse pas se détruire de pareilles conceptions. O mon Dieu ! Jésus ! prenez pitié de mes souffrances, ne laissez pas un infortuné se débattre au milieu de pensées si funestes ! Mère de Dieu, intercédez pour moi ! Mon œuvre, mon œuvre, que je sache ce qu'elle est devenue ? N'est-ce pas moi qui l'ai conçue, enfantée ? N'a-t-il pas été le simple et infime instrument de ma pensée ? Ah ! que je sache qu'elle n'a point péri, et je redoublerai de pénitences, je déchirerai mon corps, matin et soir, sous les morsures de la discipline, je passerai la nuit en prières sur les dalles de ma cellule.

Et le pauvre moine se tordait les mains de désespoir et levait vers le ciel des yeux suppliants, tout baignés de larmes. Tout à coup des pas rapides se font entendre, la porte de sa cellule s'entr'ouvre, un homme s'élance dans les bras du pauvre moine en s'écriant : O mon maître ! mon maître ! mon cher et noble maître !

— Cher enfant, te voilà donc enfin. Oh ! combien tu m'as fait attendre !

— Vous m'aviez défendu de venir !

— Tu n'as donc rencontré aucune difficulté ?

— Hélas ! aucune !

Le moine baissa la tête, il sentait en lui comme un restant d'orgueil froissé, il en demanda pardon à Dieu et reprit d'une voix sourde.

— Le temple s'achève donc ?

— Dans peu vous assisterez à son inauguration, car je viens d'en demander la permission au père Thomas d'Aquin.

— Et tu l'as obtenue?

— Oui! mon père.

— Oh! mon fils, mon cher fils! pardonne-moi, j'ai été coupable envers toi!

— Vous!

— Hélas! je t'ai soupçonné! Et dans ce moment même, ô noble et sublime enfant, tu m'obtenais le plus grand bonheur que je puisse encore goûter sur la terre!

Pierre ne répondit pas, mais à l'ardeur dont il étreignit le moine, celui-ci put juger de la grandeur de son injustice et de la reconnaissance que le jeune homme lui avait vouée au fond de son cœur. Tous deux se quittèrent les larmes aux yeux, mais plus unis l'un à l'autre que jamais.

A quelque temps de là, tout Paris était en émoi comme s'il se fût agi d'une grande révolution. Ce n'était qu'une fête. Les cloches jetaient dans les airs leurs mélodieuses volées. Une foule immense s'était rassemblée autour de la Sainte-Chapelle, manifestant par des transports d'admiration les vives émotions qu'elle éprouvait à la vue du saint édifice dégagé pendant la nuit des dernières toiles qui le cachaient aux regards. Tout à coup le roi parut et entra dans le temple, pieds nus et couvert des vêtements royaux. A ses côtés se tenaient la reine Blanche et la reine Marguerite. Pierre de Montreuil venait ensuite, puis tous les dignitaires ecclésiastiques, parmi lesquels on remarquait père Thomas d'Aquin entouré de cardinaux, d'évêques et d'archevêques, et un pauvre moine qui considérait avec des larmes dans les yeux toutes les magnificences de ce bel édifice. Les seigneurs suivaient et achevaient d'encombrer l'Eglise où la foule ne put pénétrer.

Le légat du pape avait été chargé des cérémonies de la consécration. Dès qu'il parut à l'autel, une jeune fille vêtue de blanc et voilée, lui présenta les saintes reliques pour lesquelles avait été construite la Sainte-Chapelle, et dont faisait partie la couronne d'épines. En passant près de Montreuil, elle ne put s'empêcher de tressaillir. Mais celui-ci ne la remarqua point. Tout entier à ses préoccupations, il n'écoutait ni la mélodie des orgues, ni les chants des prêtres. Les nuages d'encens qui l'enveloppaient ne l'enivraient pas. Et cependant le roi lui-même versait des larmes en remerciant Dieu, et, tout près de l'autel, agenouillé aux côtés de frère Thomas qui pleurait aussi d'admiration, un moine dominicain laissait échapper des sanglots avec les accents intérieurs de cette prière:

— O mon Dieu! mon Dieu! je vous remercie et vous bénis! Vous avez eu trop de miséricorde pour un pécheur indigne de votre compassion. Vous avez pris en pitié sa faiblesse, et vous avez daigné lui pardonner d'avoir laissé un regret derrière lui sur la terre !

Dans ses transports, il serait tombé sans connaissance, si le père Thomas ne fût venu le soutenir. Frère Antoine, lui dit-il à voix basse, vous m'avez promis d'être fort.

— Je le serai, mon père, je le serai ; ne m'emmenez pas, laissez-moi quelques instants encore dans cette église. Je sens que mon salut s'y opère, car je n'ai plus de désir à former sur la terre. Maintenant, toutes mes pensées et tous mes vœux tendent au ciel.

Après les cérémonies de la messe et de la bénediction du temple, le légat du pape proclama les indulgences accordées à tous ceux qui y avaient assisté, puis il ajouta :

— Maintenant, nous recommandons à vos prières le roi Louis, neuvième du nom, à la piété duquel la chrétienté doit de posséder la relique de la sainte couronne d'épines.

— Vive le roi ! vive le roi ! crièrent tous les assistants.

— Nous recommandons également à vos prières la reine Blanche, mère du roi, et Marguerite, son épouse.

— Qu'elles soient bénies ! à jamais bénies !

— Il est de votre devoir de prier également pour maître Pierre de Montreuil, l'architecte de la Sainte-Chapelle.

— Que Dieu lui soit en aide ! exclama toute cette foule en cherchant d'un regard avide l'artiste agenouillé à la gauche du roi.

— Monseigneur, s'écria celui-ci, faites aussi prier pour frère Antoine dont le génie...

En ce moment, un regard terrible du frère lui ferma la bouche. Le bruit que faisait la prière chantée en chœur, et le mouvement qui régnait en ce moment dans la Chapelle, étaient tels que ces paroles ne furent point entendues.

Quand le silence se fut rétabli, le légat ajouta :

— Maintenant, pour récompenser le grand artiste, la reine-mère veut l'unir en mariage avec une des grandes dames de la cour, la plus pieuse et la meilleure de toutes, celle qu'elle a jugée la plus digne de nous présenter tout à l'heure les saintes reliques.

Tous les regards se portèrent alors vers la jeune fille avec une avide curiosité, mais personne ne put voir son visage, car elle était voilée. Pierre, de son côté, se sentait défaillir, et disait à la reine :

— Pardonnez-moi, reine, si je vais vous offenser en refusant votre beau présent ; mais je suis fiancé à ma cousine Agnès, une pauvre jeune fille que je préfère à toutes les princesses de la terre !

La reine sourit et lui dit :

— Si tout à l'heure, quand la jeune fille aura mis sa main dans la vôtre, vous refusez encore, vous serez libre de ne point l'épouser.

Pierre courba le front et dut se soumettre, mais ce ne fut pas sans une terrible anxiété qu'il vit s'avancer la jeune fille voilée de blanc, conduite par le père Thomas d'Aquin qui la fit s'agenouiller aux côtés de l'artiste. Vivement ému, hors de lui, Pierre se croyait sous le prestige d'un rêve. Mais lorsque la jeune fille leva son voile et qu'il put contempler ses traits, il fut comme frappé d'un coup de foudre en reconnaissant Agnès. Le légat célébra les cérémonies des fiançailles. Quand il demanda à l'artiste s'il consentait à épouser Agnès, dame d'atour de la reine :

— Oui, oui! s'écria-t-il. Les assistants battirent des mains, et le prélat bénit les heureux époux, après qu'ils se furent tous deux confessés.

— Mais comment se fait-il, disait Pierre à son épouse, tandis qu'il l'emmenait saluer le roi et les deux reines, comment se fait-il...

— J'ai rencontré, il y a un an, la reine-mère qui, sous un déguisement, venait visiter une pauvre femme malade que je soignais. Elle m'a vue triste, elle a su gagner mon cœur. Je lui ai dit combien vous m'aimiez et la douleur que j'avais de n'être pas une grande dame pour ne pas vous humilier par une alliance déplacée. Elle a compris; elle m'a consolée; vous savez le reste.

En ce moment, les deux époux arrivaient près des reines qui leur rendirent leur salut avec bienveillance.

— Maître Pierre, dit la reine Blanche, je donne à Agnès dix mille écus pour dot.

— Et moi, dit la reine Marguerite, je lui octroie une jolie maison près du palais, afin qu'elle puisse souvent venir me faire sa cour.

IMPR.

FIN.

TABLE

DES RÉCITS ET NOUVELLES.

FIN DE LA TABLE.

Tournai, typographie de H. Casterman.

www.ingramcontent.com/pod-product-compliance
Ingram Content Group UK Ltd.
Pitfield, Milton Keynes, MK11 3LW, UK
UKHW031905260826
14628UKWH00002B/994

9 782329 059488